昨《さく》夜《や》は殺《や》れたかも

藤石波矢
辻堂ゆめ

講談社
タイガ

イラスト――けーしん
デザイン――長崎綾（next door design）

目次

昨《さく》夜《や》は殺《や》れたかも

第一部

絵に描いたような快晴だ。俺は弾む足取りでガジュマルの鉢をベランダに出した。五日間も悪天候が続いたが、今朝は五日間溜《た》め込んだ分、といわんばかりの朝日が差している。

「ほら。今日は晴れるって言ったろ？　たっぷり日を浴びるんだぞ」

掃き出し窓の枠に腰かけ、ぷっくり膨《ふく》らんだガジュマルに語りかける。ジョーロで水をやっていると、背後でペタペタとスリッパの足音がした。

「光弘《みつひろ》さーん、ご飯だよ」

振り返るとリビングに麻の平織《ひらおり》のエプロンをつけた咲奈《さきな》がいる。

「のんびりしてるとまた遅刻しちゃうよ？」

と言いながら口調は怒っていない。俺は「ごめん」と笑って室内の時計を見た。予測していたより十分も遅い時刻だった。刻一刻と出勤が迫るという当然の流れに憂鬱《ゆううつ》になる。

俺の横に立った咲奈が、浴びる朝日と似た柔らかさの微笑《ほほえ》みを浮かべる。

「眩《まぶ》しいほどの青空。いいことありそう」

背伸び気味にベランダの外に首を突きだし、手で庇《ひさし》を作る。そのしぐさ一つで身体《からだ》の中の憂鬱が薄れた気がした。

「洗濯日和《びより》だね」

「だね。からからに乾きますな〜。でも暑いなぁ」

小柄《こがら》な咲奈の黒髪にできた天使の輪を撫《な》でてから、室内に引き返す。

メゾネットの階段を上り、パジャマを着替えて下りてくると、ダイニングテーブルには和食メニューが並んでいた。炊《た》き立てのご飯、大根と油揚げの味噌汁《みそしる》、アジの開き、それから、小鉢には一見ごぼうの細切りか切り干し大根のような飴色《あめいろ》の具材が入っていた。白ごまがふりかけられている。

「生姜《しょうが》の煮つけ。ご飯に合うと思うんだけど」

カウンターキッチンで弁当を盛りつける咲奈が答える。初めて食べる品だ。咲奈の手料理や言動にマンネリの文字はない。

「いただきます」

俺はさっそく生姜を箸《はし》でつまみ、まずはそれだけを口に運んだ。シャキシャキした歯ごたえの甘辛い生姜の風味が口の中に広がる。ご飯を食べずにはいられなくなった。一口、二口とご飯を口に運び、生姜の援軍も送る。

「美味《おい》しいな！　これ」

思わず声が大きくなる。

「よかった。そんなに珍しいものじゃないのに」咲奈が嬉《うれ》しそうに笑う。「お弁当にも入れておいたからお楽しみに」

「楽しみすぎる」

目が輝くのが自分でもわかった。

「光弘さんの好きなウインナーも入れました」

子ども扱いされている気もするが、むしろ願ってもない扱われ方だった。

咲奈が弁当箱の蓋《ふた》を閉めながらふふっと笑ったので「どうしたの」と声をかける。

「ごめん。この間、光弘さんがガジュマルの精霊の話をしてくれたでしょう?」

「キジムナーのこと?」

キジムナーは沖縄に伝わる妖怪《ようかい》のことで、ガジュマルの木に宿るといわれている。その姿は老若男女、家族所帯まで様々らしい。

「その話を人に教えようとしたんだけど、キジムナーっていう言葉が出てこなくて。でもググっちゃうのは悔《くや》しいから、自力で思いだそうとしてキムチのような、ウインナーのような、うーん、って悩んじゃった」

咲奈はそのときの再現をするように眉間《みけん》に皺《しわ》を寄せつつ、自分のご飯と味噌汁をよそう。それから俺の向かいの椅子《いす》に座り、「いただきます」と手を合わせた。

「どうにかその場で思いだせたんだけどね」

「誰に？」

俺の問いに「ん？」と咲奈が瞬《まばた》きした。

「誰にキジムナーの話をしたの？」

「ああ、瑞希《みずき》さん」

瑞希さんは咲奈の主婦友達だ。

「スーパーで会ったときに。そうそう、瑞希さんの旦那《だんな》さん、転職成功したんだって。光弘さんと同じ三十五歳だから、夫婦で英断だったみたい」

「転職か。すごいな」

相槌《あいづち》を打ちながら、俺は話題が勝手に逸《そ》れてくれてほっとしている。咲奈は無意識に受け流したのだろうが、「誰にキジムナーの話をしたのか」と訊《き》いたのは失礼だった。

いけない、いけない。最近の違和感がまだ拭《ぬぐ》い去れていないなんて。咲奈を疑いそうになってしまう自分に嫌気がさす。バチが当たるぞ、晴天が汚れるぞ、と内心で戒《いまし》めた。知りあいの転職話を広げる。

「転職して給料は上がるのかな？」

「うん。前の会社より安定しているそうだよ」

咲奈の答えに、勝手に俺は胸を突かれた気になる。今の俺の収入は高いとはいえない。

正直、結婚して咲奈が仕事を辞めたのは意外だった。だが咲奈が主婦業を好むなら、望むとおりに生活させてあげたい。だから。

「咲奈に迷惑をかけるようなことはしないぞ」

口走っていた。咲奈はきょとんとしてから、目じりを下げて笑う。

「光弘さんと一緒なら私は幸せだから」

天使かよ。

違和感なんて忘れよう。咲奈を泣かせるわけにはいかない。そのために働く。


職場である『株式会社ランカージョブ』のオフィスからは青空が見えない。窓はあるのだが、ブラインドが下りているし、開けたとしても目の前にはビルがそびえている。

この小さな人材派遣会社の社員になって、早四年。

朝礼後、パソコンワークをしていた。と、「藤堂《ふじどう》さん」とだるそうな声で名を呼ばれた。声をかけてきたのは電話を切ったばかりの梶谷《かじたに》だ。二十八歳にしてランカージョブの社長である。本人は「名ばかり社長ですから」と、自虐とも自負とも取れる一言が口癖《くちぐせ》だった。

「川島《かわしま》さんからまた子どもが熱出したって、当日欠勤の連絡が」

ずかずかと俺のデスクに歩み寄り、梶谷は肩を上下させる。

今しがた社長本人が電話を切ったのは見ていた。

「では先方に連絡を……」

「今月入って三回目だよ。またぼろくそに言われるよ。これだから派遣は困るって。あの嫌味おやじに。絶対勘弁なんだけど！」

ランカージョブの取引先業種は幅広いが、当然その分かかわる人たちも様々だ。

梶谷は身振り手振りで苛々《いらいら》を表現し、納得できないファウルを取られたサッカー選手のようになる。すでに見慣れた梶谷の習性なのだが、時々赤か黄色のカードを準備しておくべきだろうか、と考えたりもする。手の届く範囲に黄色い付箋《ふせん》ならあるが。

「まぁでも、子どもがいるご家庭は大変なんじゃないですか」

俺が責められても困る。梶谷はいっそうまなじりを上げた。

「藤堂さん、とりあえず代わりに先方に電話してよ。俺社長だから電話とか嫌だし。昔の藤堂さんの本気であの嫌味おやじに……」

俺が掌《てのひら》を見せたのと同時に、梶谷が背後を振り返る。眼鏡《めがね》の女性社員が近づいてきたからだ。梶谷は加勢を求めるように言う。

「野中《のなか》さん、野中さん、聞いてよ」

「聞こえてました。非生産的な話に時間を割《さ》かず、早々に電話をしたほうがよろしいのではないですか。うちは社長も営業の一人でしょう。無駄が多すぎますよ、梶谷社長」

にこりともせずに梶谷に言い、細いフレームの眼鏡に手を当てる。梶谷は頰《ほお》をぴくつかせてから「あ」と言って、野中を指さした。

「野中さんが入社してから数ヵ月、ずーっとデジャヴを感じてたんだけど、わかった。中学のときの数学の教師に似てんだ。『学校生活で、勉強以外のことは無駄なのよ』と言いきる鉄仮面とあだ名のついた奴《やつ》だったよ」

「どうコメントすればいいのかわかりません」

「だよね」と俺が頷《うなず》くと、「え？　鉄仮面の味方？」と梶谷は下唇《したくちびる》を突きだしてくる。俺は鉄仮面の味方ではない。敵でもない。

「社長、藤堂さんの邪魔をしないでください」

業務上の会話なのに、とぶつくさ言いながらも梶谷は社長席に戻った。残った野中に「さすがだなぁ」と苦笑する。数ヵ月で社長のあしらい方を心得ている。

野中の手が伸びて、俺のデスクに飾られた小さな写真立てを取った。今月は遊園地でデートをしたときの咲奈の写真だ。

「今までいくつかの会社を回りましたが、初めてです」

野中の年齢は確か三十三だったが、年齢以上の落ちつきがある。梶谷ではないが、教師に叱《しか》られている気分にもなる。

「すみません、社長も最古参の俺も、ふがいなくて」

「そうではありません。デスクに奥様の写真を飾っている方に会うのが初めてです」

「え？　そうだった？」

「お子様と奥様ならばいましたよ。でも奥様のソロは」

「ソロというとバイオリンでも奏《かな》でるようだ」

野中は写真をひっくり返して、指さす。

「奥様は音楽家ですか？」

「ごめん、比喩《ひゆ》のつもりだった」

「私は冗談のつもりでした」

「思いは時としてすれ違うね。えっと、野中さん。この会話は無駄に含まれない？」

俺は返された写真を受け取る。野中は眉間に皺を寄せている。もしや！　妻の写真をデスクに置くことで顰蹙《ひんしゅく》を買っているのだろうか。そこは勘弁してほしい。

「うちの奥さん可愛《かわい》いでしょ？　仕方ないじゃないですか。エネルギーチャージなんだ。社風を乱しているなんてことはないと……」

迷いを振りきるように野中は、デスクの黄色い付箋を剝《は》がした。イエローカードか？と呑気《のんき》に構えた俺の前で、ペンを走らせる。手渡された付箋には簡素にこう書かれていた。

〈奥様が男性と歩いているのを見ました〉

違和感の発端は二週間前。その日俺がたまたま早く帰宅すると、買い物に出ていたため咲奈は不在だった。ここぞとばかりに妻孝行したくなった。休日や早く帰れた日ぐらい家事に参加すべきだという使命感があった。

浴室の大掃除をすることにした。帰ってきてピカピカの風呂場《ふろば》を見た咲奈の喜ぶ表情を想像し、ご褒美《ほうび》をねだってしまおうかな、とニヤニヤし、それじゃもはや使命感じゃないだろうという天の声を無視し、スーツを脱衣所に脱ぎ捨てた。

小さなサプライズのために浴室を磨《みが》き上げた。完璧《かんぺき》だ、とスポンジをゆすぎ終えると、にやついた自分の顔が鏡に映った。

「あっ」

危ない。鏡の水垢《みずあか》掃除を忘れていた。確か、ダイヤモンドパッドとかいう掃除グッズを咲奈は使っている。脱衣所に上がり、洗面台の下の用具入れを開く。パッドはすぐに見つかった。が、まったく別のものが目に入った。塩素系洗剤のボトルの横に置かれた、真新しい小瓶《こびん》だった。

「……香水?」

手に取った瞬間、玄関の鍵《かぎ》が開く音がした。

「ただいま〜」という声とともに、パタパタと足音がする。俺は香水を手に、突っ立っていて、入り口に息を切らした咲奈が現れてからようやく「おかえり」を言った。

「ごめんね。お待たせして。あれ、お風呂掃除してくれたんだ?」

咲奈が驚きの声を上げる。

「うん、鏡はまだなんだけど」とぼそぼそ続ける。小さな瓶に俺の方が驚かされていた。

「ありがとう。嬉しい」と、脱衣所に入ってきた咲奈は俺の手に握られた小瓶を見て、目を瞠《みは》る。

「それ……どこにあった?」

と、声を上げげつつ俺の手から取る。「ここ」と、戸棚を指す。

「そんなところか。探してたのに」咲奈は舌を見せて笑った。「洗剤買ったときにうっかり一緒に置いちゃったんだね、私」

「香水なんて珍しいね。いいやつなの?」

「ううん。大したものじゃないよ。安くなってたから買ったの。それよりご飯特急で作るから待っててね」

咲奈は敬礼してみせてからキッチンのほうに消えた。俺は浴室に目を向ける。汚れた鏡から、さっきにやついていた男が、憮然《ぶぜん》として見返していた。

なぜ俺はカマをかけるような訊き方をしてしまったんだろうか。安物の香水ではないことは気づいていた。ペンハリガンはブランド物だ。咲奈は嘘《うそ》をついている? まさか。でもどんなうっかりをしたら香水を洗面所の用具入れにしまうんだろう。

俺に、隠していた？　いやきっと勘違いに決まっている。深く考えるのはやめた。

夕食を終えて順番に風呂に入った。天井までピカピカで感動した、と湯上がりの咲奈に抱きつかれる。

「じゃあご褒美をちょうだい。一週間もやってもらってないから。耳かきタイム！」

「えー、またぁ？　しょうがないな」

耳かきを取った咲奈はぺたんとソファに座った。俺は香水の疑念を吹き飛ばす勢いでソファに飛び乗り、咲奈の太腿《ふともも》に頭を乗せた。

「まだやってあげるって言ってないよ」

「えーっ？」

濡《ぬ》れ髪の咲奈の顔を見上げる。

「今日お仕事、頑張った人〜」

「……はい」と、手を挙げる。

「間があったなぁ」

口ごもった俺の様子をどう受け取ったのか、大丈夫だよ、と咲奈は言った。

「光弘さんが頑張ってるのは、知っています」

危うく涙を浮かべそうになり、頭を捻《ひね》った。咲奈の柔らかさと体温に頬を密着させる。

そうだ。咲奈を疑うなんてどうかしている。その夜はそう思った。

だが数日前、またしても些細《ささい》な、おかしなものを見つけてしまった。妻の上着からこぼれ落ちた、英会話教室のチラシが入ったポケットティッシュだ。銀座《ぎんざ》にある教室だった。つまり配られていたのは銀座近辺ということになる。咲奈はなぜ銀座界隈《かいわい》に行ったんだろうか。用事もなく行く場所ではない。俺は訊くことができなかった。再びの違和感。だから今朝もキジムナーの話題で変な質問をしてしまったのだ。

そんな矢先、もたらされた野中の情報は重みが違った。

「どうしたの?」夕飯を囲みながら、口数の少ない俺に咲奈が声をかけてくる。「味がいまいちだったかな?」

煮物はいつもどおり、抜群の美味しさだ。悟られないように話題を探した。

「そういえば、駅に行く途中の道に、いつも同じ猫がいて」

「猫ちゃん?」

「丸々太った猫で。野良猫のようなんだけど。人に馴《な》れているみたい」

「へぇ。会ってみたいなぁ。でも私、昔から動物に好かれないの。どうしてだろう」

「人に好かれるならいいだろう」

「光弘さんに好きでいてもらえるなら」

背筋をぴっと伸ばして咲奈が言った。この咲奈が、本当に……不、不倫をしている、のか。

今日の昼休み、詳細を語ってくれた野中の声と、それに応じる自分の声が蘇《よみがえ》る。

——奥様は、二十代ぐらいの若い男性と親しげに歩いていました。いつも写真で拝見している顔なので、人違いではありません。

——もしかして、妻を見かけたのは、銀座？

——はい、銀座です。心当たりが？

疑惑のポケットティッシュが脳裏に蘇った。野中の話を聞いた後に食べた弁当は、ウインナーも生姜も、満足に味わえなかった。

「光弘さんは猫に好かれそうだね」煮物に箸を伸ばした咲奈が、自分の言葉にハッとしたように、目を細める。「でも、泥棒猫になつかれたらいけませんよ」

完全に冗談の口調だ。

「ああ、もちろん」

笑って答えながら、冗談にして続けようとした言葉は、出てこなかった。

自分はどうなんだ？

泥棒猫は？　男性の場合は泥棒犬か？　犬のおまわりさんならぬ犬の泥棒さんか。それとも咲奈を猫と表現するべきなのか。

ああ、わけがわからない。犬とか猫とかどうでもいい。

不倫しているんじゃないのか？

言葉を呑《の》み込むほど疑念は身体中から吹きだして止まらなくなり、煮物の人参《にんじん》に箸を突き刺していた。

＊

階段に膝《ひざ》をついて、きゅっと絞った雑巾《ぞうきん》を一つ上の段に滑《すべ》らせる。一段下りて、また左から右へ。同じ動きを一番下の段まで繰り返してから、私は立ち上がって細く息を吐《は》いた。

「今日は、これくらいでいいかなぁ」

そっと呟《つぶや》き、洗面所へと向かった。すすいだ雑巾をしっかりと絞って、黄緑色のカラーバケツにふわりとかける。

火曜日は、家中の雑巾がけをする日と決めていた。といっても、夫と二人きりで住んでいる家はメゾネット住宅だから、それほど広いわけではない。一階のリビングダイニングキッチン、トイレとお風呂と脱衣所、階段、それから二階の寝室。リビングの上は吹き抜けになっているから、二階には部屋が一室しかない。

1LDKのお洒落《しゃれ》なメゾネット。結婚が決まったときに、光弘さんが探してきてくれた物件だ。毎週掃除を頑張っているのは、あのときの新築ピカピカの状態をいつまでも保っていたいからだった。今のところ、その努力は報《むく》われているように思える。

今日の晩ご飯は何にしようかな。

ぼんやりと考えながら、リビングのソファに腰かけた。静かすぎる家の中に何か音が欲しくなり、テレビのリモコンへと手を伸ばす。

お昼のワイドショーでは、最近世間を騒がせている政治家の失言問題が取り上げられていた。「いやあ、どうしてこんなことを言っちゃったんでしょうかねえ」と司会のタレントが思いきり眉《まゆ》を寄せているのを眺《なが》めながら、手に持ったリモコンをソファの上に投げだす。

こういう生活を望んでいたんだっけ、私。

家事は苦手ではなかった。むしろ得意なほうだ。両親の意向で大学は家政学部に進んだから、料理や被服に関する基礎知識は身についている。

でも、夫が家を出てから帰宅するまで、一日中家で過ごすことが好きかといわれると、ちょっと迷う。

「女の幸せは、夫の幸せよ」

静岡の実家で、母にそう言い聞かされて育った。働き者の男性と結婚して、専業主婦として夫に尽くすのが、女の役目であり幸福そのものなのだ——と。

なんとなくしっくり来ていなかった考え方だったけれど、江ノ島《えしま》の展望台の上で「俺が絶対に幸せにするから」と指輪の箱を差しだした光弘さんの顔を見て、覚悟が決まった。

私は、この人の理想の妻になろう。

そう思って、勤めていたアパレル系の会社を退職することにした。実家の両親は喜んでいた。

だけど。

またテレビへと視線を向ける。ワイドショーの話題は、若手ロックシンガーの不倫疑惑へと移っていた。

やっぱり——生活には、刺激が必要だと思う。ほんの少しでもいいから。

「あっ、いけない」

テレビの左上に表示されている時刻が目に入り、慌ててソファから立ち上がる。十一時二十分。そろそろ出かけなければならない時間だ。

脱衣所へと向かい、洗面台の収納を開けてペンハリガンの香水を取りだす。耳の後ろと手首につけてから、ガラスの蓋をきゅっと閉めた。それから鏡を覗《のぞ》き、身なりの最終確認をする。カルティエのネックレスが首元に光っているのを見て、思わず微笑みが漏れる。

光弘さんは、ブランドにはあまり詳しくない。ルイ・ヴィトンやシャネルのようなわかりやすいロゴが入っているわけでもないから、最近私が高価な香水やアクセサリーを使うようになったことには気づいていないはずだ。

光弘さんは、何も知らないままでいい。

もし秘密が知られてしまったら、今のままの夫婦生活は続けていけない。危ない橋を渡っていることは重々わかっているけれど、私だって、光弘さんとのささやかな日常を壊したいわけではなかった。

口紅を塗り直してから、ハンドバッグを持って家を出た。


お昼の約束の後、夕方四時半過ぎになって、最寄り駅のそばにあるエステティックサロンへと足を運んだ。店の名前は、『シエルブルー』。フランス語で青空という意味だ。

ガラス戸を押し開けると、白いワンピース型の制服を着た瑞希さんがひょこりと顔を出した。

「ああ、咲奈ちゃん。今日もありがとう」

店長として忙しくしているだろうに、瑞希さんはいつも明るい笑顔で迎えてくれる。

近所の専業主婦友達として仲よくなってから、早三年。交流するうちに、四歳年上の瑞希さんが結婚するまでエステティシャンとして働いていたことや、いつか自分の店を持ちたいと夢見ていることを知った。瑞希さんがその夢を叶《かな》えたのは、今から一年前だ。

「いつも短い時間しか手伝えなくてごめんなさい」

「何言ってるの、こっちはシフトに入ってもらえるだけで助かってるんだよ。夕方からは稼ぎどきだからね」

瑞希さんがひらひらと手を振った。

「むしろ、咲奈ちゃんだってめちゃくちゃ忙しいだろうに、ここで働いてもらっちゃって大丈夫なのかなって感じ」

「いえいえ、全然。主人は毎日帰りが遅いので。買い物や下準備は済ませてありますし」

「すごいねぇ。完璧すぎる奥さんだねぇ」

私と瑞希さんが会話する間にも、残り三人のスタッフはフェイシャルエステの施術をしたり、お客様に新作の美容液の説明をしたりと忙しく働いている。私も急いで控え室に駆け込み、五時からお客様の施術に入れるように着替えや準備を始めた。

シエルブルーでエステの仕事をしているのは、週に二回。お客さんが増える閉店直前の枠だけ手伝うことにしている。

このことも、光弘さんには話していない。

「私ったら、秘密ばっかり」

耳かきをねだってくる光弘さんの姿を思いだして、小さく溜め息をついた。

フェイシャルエステのコースは、施術後のメイクや美容相談の時間まで含めて一時間半かかる。大抵、私が担当する客の数は一日につき一人だった。シフトを組むのが大変ではないかと思って最初は遠慮していたのだけれど、エステティシャンの仕事に私が興味を持っていることを敏感に察した瑞希さんが、「トレーニングならいくらでもしてあげるから」と半《なか》ば強引に引き入れてくれたのだ。

これも、私の主婦生活になくてはならないひとときだった。

平日の閉店時刻は午後六時半だ。片づけが終わると、シエルブルーのスタッフもせわしなく帰宅準備を始めた。今日出勤しているスタッフは、瑞希さんと私を除くと、小さな子どもがいる母親ばかりだ。気がついたときには、瑞希さんと私だけが店内に残されていた。

「咲奈ちゃん、まだ時間ある？　実は、もうすぐ明石《あかし》くんが来るの。会うの久しぶりだから、テンション上がるわぁ。私大好きなんだよね、あの超絶優秀爽《さわ》やかイケメン」

明石くんは、私より一つ年下の好青年だ。エステサロンの経理を担当できる人材を探していたところ、瑞希さんの従弟《いとこ》が公認会計士の資格を持つ明石くんを紹介してくれたのだ。彼は一般企業の経理部で働く傍《かたわ》ら、副業としてサロンの経営に携わり始め、今ではシエルブルーの要《かなめ》ともいうべき存在になっている。

瑞希さんにとっては久しぶりなのだろうけれど――ほんの三時間前まで、私は明石くんと会っていた。

「明石くんがここに？　どうしてですか」

「あまりに可愛いから、旦那に隠れて密会を。っていうのは嘘で」と瑞希さんが笑う。

「最近入った子について、ちょっと相談」

「あれ、明石くん、ここのスタッフの採用にもかかわってたんでしたっけ」

「ううん、ふだんは店長の私がやるんだけどね、ちょっと特殊ケースで――」

瑞希さんが説明しようとしたとき、カランコロンと音を立てて入り口のガラス戸が開いた。「お疲れ様です」と軽く頭を下げながら、水色シャツにスラックスといういでたちの明石くんが店内へと入ってくる。私も同席しているとは思わなかったのか、明石くんがわずかに目を見開き、はにかんだ笑みを浮かべた。

「そこ、座ってて。コーヒー淹《い》れてくるから」

瑞希さんがちょっぴり頬を赤らめ、控え室へと消えていく。帰るタイミングを失った私は、美容相談用のテーブルに明石くんと並んで腰かけた。「今日また会うとは思わなかったな」と、明石くんが私の耳元でささやく。「そうだね」と私も小さな声で返した。

ほどなく、瑞希さんがコーヒーカップを三つお盆に載せて戻ってきた。

「明石くん、わざわざこんな時間にごめんね」

コーヒーを一口飲んでから、瑞希さんが切りだす。

「いいえ。どうされましたか」

「この間、明石くんの紹介でうちに入った子、いるでしょう」

「ああ、派遣の」

「そうそう。若宮葵《わかみやあおい》って子なんだけど。経歴がまったくの嘘だったのよ」

「ええっ、どういうことですか」

明石くんが目を丸くした。

「フェイシャルエステサロンで三年間働いた経験ありってなってたから採用したのに、美容に関する基礎知識もないし、施術の仕方もさっぱり知らないみたいなの。とりあえず一通り教えて現場に出してみたんだけど、お客様からクレームがいくつも入っちゃって。『本当に働いてたの』って問いただしても、『前のサロンでは違うやり方だったので』の一点張り」

「ひどいですね」

「それだけじゃなくて」瑞希さんが眉を寄せ、声を落とした。「若宮さんが入ってから、インターネットにひどい口コミがたくさん書き込まれるようになったの」

「若宮さんの施術に不満を持ったお客様が書いたんでしょうか」

「ううん。それにしては内容がおかしい。『控え室が不衛生《ふえいせい》』とか、『化粧品の原価リストを見て安さに驚愕《きょうがく》した』とか、『飲み物はすべて添加物いっぱいのインスタント』とか、『仕事より子どもを優先するスタッフばかり』とか」

「スタッフ目線の口コミってことですね」

「そのせいで、新規体験希望者の数が激減してるの。今週なんてゼロだよ」

「ゼロ？」私は思わず口に手を当てた。

「うん。既存のお客様の予約キャンセルも相次いでる。このままだと、お店の経営が立ち行かなくなるかもしれない」

「嘘……」

「たぶん、接客のことで私が若宮さんを叱ったからだと思うの。それで不満を持って、あんな書き込みをしたんじゃないかな」

瑞希さんはテーブルに肘《ひじ》をつき、額に手を当ててうつむいた。明石くんが優しく声をかける。

「若宮さんの派遣契約って、三ヵ月ごとの自動更新でしたよね。そんな人、次の更新時期に切ってしまいましょうよ」

「それをね、先週、本人に伝えたの」

「もう言ったんですね」

「そしたら、急に態度が豹変《ひょうへん》して。テーブルを思いきり叩《たた》いて、『あたしをクビにしたらどうなるかわかってんだろうね』って怒鳴《どな》りだして」

「ええっ」

明石くんと私は同時に声を上げた。シフトに入る曜日が違うから、私は若宮さんに会ったことがないけれど、そんなひどいことをする女性が同じ店で働いているなんて信じられない。

「で、先週末にね」

瑞希さんの声がいっそう落ち込んだ。

「今度は……お店のお金が盗まれたの」

「盗まれた?」

「レジに入ってたはずの一万円札が全部なくなってたのよ。その日は化粧品のセットを購入されたお客様が多かったから、たぶん、三十万円くらい」

「嘘でしょう」

「その日も、若宮さんが出勤してたの。頭が痛いとか言って早退しちゃったから、閉店後にレジの締め作業をしたときにはもういなかったんだけど」

「それ、絶対に若宮葵のせいじゃないですか。被害届は出しました?」

「まだ。『レジにこっそり返してくれれば不問にするから』ってその日に出勤してたスタッフ全員に伝えて、ずっと待ってたの。でも、今日の時点でまだ戻ってきてない」

「そうですか……」

「それどころか、急にガラの悪い人たちがお店の前をうろつくようになって。どうも、若宮さんの地元の知りあいじゃないかと思うのよね。脅しているつもりなのかも」

「ああ、とんでもない人を雇ってしまったんですね」

明石くんが頭を抱《かか》え、申し訳なさそうな顔をした。

「本当にすみません。僕があの会社に依頼したせいで」

「ううん、明石くんのせいじゃないよ」

「いえ、僕のせいです。僕がエステ店の経営にかかわっているのを知って、人材派遣会社の社員が営業をかけてきたんですよ。あんな名前を聞いたこともないような会社、信用するんじゃなかった。くそっ、ランカージョブめ」

その会社名を聞いた瞬間、私の心臓は大きく跳ねた。

「明石くん、今なんて？」

「え？　ランカージョブですよ。若宮葵を送り込んできた、悪徳人材派遣会社です」

「あの、ええと、その社員の名前って覚えてる？」

「社員の名前ですか？」明石くんは怪訝《けげん》そうに首を傾《かし》げ、ええと、と呟いた。「名刺をちらっと見ただけだったから、よく覚えてないですけど……藤後《とうご》、だったかな。いや、堂上《どうじょう》だったかな。三十代前半くらいの男でしたよ」

もしかして――藤堂、では？

株式会社ランカージョブ。それは、私の夫、光弘さんが働く会社だ。

「ただいま」

午後九時を少し回ったころ、玄関のドアが開く音がした。私はソファから立ち上がり、スリッパの音をパタパタと響かせて廊下に出ていく。

「おかえり～」

いつものように微笑んで、光弘さんが手に持っている通勤鞄《かばん》を受け取った。

「今日も、お仕事お疲れさま」

「うん」

「ご飯、できてるよ。今日は、ロールキャベツと豆乳グラタン」

「おう、そうか」

革靴を脱いだ光弘さんが、私の脇《わき》をすり抜けてリビングへと入っていく。私の髪を撫でることも、甘えた笑みを浮かべることもない。

ここ最近、ずっと違和感があった。いつもは美味しいと喜んでくれる煮物を、苦虫を嚙《か》み潰《つぶ》したような顔をして食べていたり。私が声をかけても、ぼうっとテレビを見たまま返事をしてくれなかったり。私がサロンの社割で購入した化粧品を、歯磨きをする手を止めたままじっと見つめていたり。

「はい、どうぞ」

温め直したロールキャベツと豆乳グラタンをダイニングテーブルに並べると、光弘さんは「いただきます」と手を合わせて遅い夕飯を食べ始めた。今日も光弘さんは、食事の感想を言わない。これまでだったら、「美味しい!」とか「隠し味は?」とか、絶対に反応を返してくれていたのに。

やっぱり、光弘さんは気づいているのかもしれない。

私が、瑞希さんが店長を務めるエステサロンで働いていることに。

だから怒っているのかな。

料理や掃除を手抜きしているつもりはなかった。だけど、昼間家を空ける時間が長い分、晩ご飯を超特急で作る頻度が増えているのは確かだ。私自身は気づいていないような味の劣化や盛りつけの粗雑さを、光弘さんは敏感に察知しているのかもしれなかった。

黙々と夕飯を口に運ぶ光弘さんの横顔を眺めながら、「お店の経営が立ち行かなくなるかもしれない」と暗い顔をしていた瑞希さんのことを思いだした。

嘘だよね——と、心の中で光弘さんに向かって呼びかける。

いくらなんでも、そんなことはしないよね。

私が光弘さんに黙ってパートをしていることを知って、怒っているのだとしても。妻が専業主婦としての役目に集中できていないことに、失望しているのだとしても。

私が働かせてもらっているお店をめちゃくちゃにするような嫌がらせを、するような人じゃないよね?

私のささやかな楽しみを無理やり取り上げて、この家に閉じ込めようとするような人じゃないよね？

ふっと怖くなって、吹き抜けになっている天井を見上げる。二階部分には、白い柵《さく》がついていた。

トリカゴ、という言葉が頭の中に浮かび、急に寒気を感じる。

「ごちそうさま」

光弘さんが席を立った音で我に返った。

「あ、お風呂沸いてるよ。先に入る？」

「うーん、後でいいや」

「今日、仕事大変だった？　お疲れなのかな」

「別に、そういうわけじゃないけど……」

いったん着替えてくるから、と光弘さんはリビングを出ていってしまった。階段を上っていく足音と、パタンと寝室のドアが閉まる音がする。

キッチンカウンターに両手をついて、ぎゅっと目をつむる。家の中の静寂に、押しつぶされてしまいそうだった。

＊

寝ても覚めても、不信感が募《つの》る。野中に目撃談を聞いて二日。咲奈は俺が疑念を抱いているとは微塵《みじん》も思っていないようだ。

「今夜は少し遅くなるね。夕ご飯は用意しておくから」

玄関で俺を見送りながら申し訳なさそうに言う。高校時代の友達が急遽《きゅうきょ》、静岡から東京に遊びに来るので、今夜ご飯を食べに行くのだという。だが俺は勘繰っている。本当に友人か？

「楽しんできて。いってきます」

「いってらっしゃい」という咲奈の顔は見ずにドアを閉めた。

通い慣れた駅に向かう途中、コインパーキングで立ち止まる。

「俺は裏切られたんだろうか？」

目線を落とし、尋ねる。猫に。

いつも出くわすもっちりした猫だ。白に黒ぶちのホルスタインを思わせる模様なので、勝手に「もーちゃん」と名付けている。精算機の前で丸くなっている様はコインパーキングの番人のようでもある。

「もーちゃん、俺には咲奈がわからないんだ」

もーちゃんは自身の前足を舐《な》めた。僕に言わせれば人間なんて意味不明の塊《かたまり》だぜ、とでも言いたげだ。

「人間は面倒くさい。でも夫婦は信頼しあうものじゃないか」溜め息交じりに訴える。

「香水に続いて、昨日は鏡の前でネックレスをしているのを見てさ。一見シンプルだけどダイヤモンドだよ。たぶん六、七万。寝室の引き出しには、それ以上のアクセサリーもあるんだ。新しいクラッチバッグも買ってた。金に糸目をつけないおめかしがしたくなったのか、プレゼントか。って、考えすぎだよな?」

未《いま》だに妻の不倫を信じられない自分がいる。

世の中には知らないほうがいいこともあるぜ、という一瞥《いちべつ》をくれてから、もーちゃんは立ち上がり、離れていった。

「知らないほうがいいことは、あるけどさ」

会社に到着し、いつもの日常が始まる。新規に開拓した取引先関連の書類作成をのろのろと終わらせる。

ここ数日、デスクに置いていた咲奈の写真を俺は伏せていた。その様子に野中は気づいているだろうが、あれ以来、詮索《せんさく》してこない。

「嫁さんと喧嘩《けんか》でもしたの?」

梶谷社長は詮索の鬼である。野中を見習ってほしい。俺は椅子を回し、背後に立った梶谷を見上げる。

「プライベートなことなので、お答えしかねます」

「そっすか。お昼行こうよ」

いつの間にか昼過ぎだった。

梶谷と会社近くの公園に行く。屋外にテーブルが並んでいて、木陰《こかげ》もある。近くの会社員らでにぎわうランチスポットだった。本格的な夏になれば暑がりの俺は近づかなくなるが、まだセーフだ。梶谷はキッチンカーで買ったカレーを、俺は咲奈の弁当を広げた。

仕事のあれこれを話しながら、それぞれ半分ほどたいらげたころ、「嫁さんと喧嘩でもしたの？」と梶谷が言った。あなたは三歩歩いた鶏《にわとり》か？　という思いで社長を見返す。

「お答えしかねます、と答えたのをお忘れですか」

「気分変わったかもしれないじゃない。社員の悩みをほぐすのも社長の仕事だから」

「ご心配なく。大したことじゃないんです。妻が若い男と会っていたというだけで」

パキッと音がしたので手元を見下ろすと、握っていた箸が折れている。

「折れたよ折れましたよ箸が。めちゃくちゃ大したことっぽいじゃん」

梶谷は大笑いしながら言う。俺は顔を火照らせ、片方が短くなった箸で卵焼きを掴《つか》む。

「不倫相手はどんな男？」

不倫と断言され動揺しつつ「不倫と決まったわけではなくて」と訴える。

「でもこっそり男と会ってたんでしょ？　可愛い顔して怖いね嫁さん」

胸を抉《えぐ》られる思いに瞼《まぶた》を押さえる。

「社長は、オブラートに包む、という人類の美徳をご存知ないですか」

年下の社長は「存じない」という意思表示にスプーンを左右に振り、言う。

「不倫ぐらい見逃せばいいじゃない。裏切りゼロの男女関係なんてないし、そんなもんていうか。ウィンウィン？」

ウィンウィンの使いどころが間違っている気がする。俺は自分には持てない価値観に苦笑して卵焼きを咀嚼《そしゃく》した。

「っていうか秘密をとやかく言える立場じゃないじゃない、藤堂さん」

梶谷の言葉はもっともだった。でも、それとこれとは話が別だ。

「咲奈が不倫なんてするはずないんです」

梶谷と違い、不倫は許せない。だからそんなことはあってはならない。天地がひっくり返っても！　実は今夜行動に出ることにしていた。咲奈を信じるために。

夕刻、俺は早めにオフィスを出て、咲奈に秘密で契約しているトランクルームに立ち寄った。ある理由で、ここには家には置けない個人的な服や貴金属をしまっていた。

スーツを脱ぎ、咲奈の前では着たことのないブルゾンに着替える。伊達《だて》眼鏡をかけ、帽子を持って、トランクルームを後にする。変装はばっちりだ。

確かめるだけだ。きっと杞憂《きゆう》に終わるはずだ。自分に言い聞かせて帽子を目深にかぶる。

咲奈の位置情報はスマートフォンで摑める。新品のクラッチバッグに発信機を取り付けておいたのだ。粘着な夫だといわれようとやむを得ない。情けない疑惑を払拭《ふっしょく》し、妻を信じるための対処なのだ。

スマホの画面で咲奈を示すピンは自宅の隣町付近でゆっくり動いている。うちよりざっと一万円ほど家賃が高くなる地域だ。

咲奈は地元の友人と会っているのだ。……東京都内で会うって言ってなかったか？　場所が変更になったんだろう。……野中が見た男はどう説明する？　きっと、道を案内していたとか、拍子《ひょうし》抜けするオチなのではないか。うん、うん。

バスに揺られながら、横断歩道を渡りながら、脳内で質疑応答を繰り返す。頭に浮かべる質問者はもーちゃんだ。二足歩行でスーツを着た、いかめしい面接官となった猫に、俺は妻の潔白を必死に訴える。

スマホを握る手が汗ばみ、咲奈に近づくほど鼓動はだんだんと早くなる。居酒屋やレストランが並ぶ駅近のエリアを離れ、高層マンションも目につく住宅街に入る。

ピンはもう数十メートル手前に近づいていた。次のコンビニの曲がり角を、右。

ちらっと見ればいい。妻と友達が歩いている姿を。

スマホをポケットにしまい、駆ける。コンビニの煌々《こうこう》とした光を横切り、右へ曲がる。

咲奈と、男が歩いていた。

長身の若い男だ。年齢は咲奈と同じぐらいか。外灯に照らされる横顔は一瞬しか見えなかったが、爽やかで甘いマスクに見えた。

夜道に立ち尽くし、目眩《めまい》を覚える。

彼を見上げた咲奈が笑い声を上げた。家では久しく見たことのない、聞いたことのない哄笑《こうしょう》だった。

進む二人の後ろ姿を、尾《つ》けていく。会話に夢中のようで、俺を振り返ることもない。やがて黒くそびえるマンションの前で咲奈と男は道を折れる。二人はマンションの玄関をくぐっていった。大事なことなのでもう一度言うぜ、と脳内のもーちゃんが声を張る。二人はマンションの玄関をくぐっていった。

踵《きびす》を返す。帽子を捨て、眼鏡を捨て、曲がり角のコンビニに入る。頭を冷やしたい。冷やさなければ。アイスコーナーで、ガリガリ君を手に取った。頭を冷やすにはこれだ。

両手に持てる限りのガリガリ君を抱え、レジに向かった。

袋いっぱいのガリガリ君を一本ずつ機械的にガリガリしながら、夜の道を彷徨《さまよ》った。頭は冷やされたが痛くなった。

俺は何を見たんだ。見てしまったんだ。

見知らぬ公園に吸い込まれるようにして入り、ブランコに座った。揺れながら、五本目のガリガリ君を食べ終える。棒を見下ろす。「一本当り」の文字が見えた。

そうだ。当たりだ。

咲奈は、不倫している。

俺は誠実に、真摯《しんし》に接してきたのに。

咲奈が一途《いちず》に愛してくれていると信じているから、ときには我慢だってした。

本心では共働きを望んでいたが、彼女が主婦業に専念したいというから快《こころよ》く受け入れた。帰りが遅いと咲奈が寂《さび》しがるから、ジム通いをやめた。晩ご飯の最中、瑞希さんやら主婦友達の話や日中に見たテレビの話を咲奈はよくしてくる。疲れきっている日には正直退屈なこともあるし、興味のない話題も多い。が、眠気を殺し、笑顔で相槌を打っている。

最良の妻だったから。家事を見事にこなし、俺を癒《い》やしてくれる。だから些末《さまつ》な不満など我慢できた。

何より、咲奈と共に生きていけると信じることでつらい仕事にも精を出せた。自分を少し好きになれたのだ。咲奈の笑顔は俺の生きがいだった。

今までどんな気持ちで俺に、笑いかけていたのか。ご飯を作りながら、耳かきをしながら、何も知らずに甘える夫を馬鹿《ばか》にしていたのか。あの男との話のネタにでもされていたら、屈辱以外の何ものでもない。

信じていたのに。

ブランコの鎖を握りしめ、気づけば声を絞りだしていた。

「……許せない」

「ただいま〜」

十時過ぎに帰宅した咲奈は、男と会っていた気配を微塵も出さなかった。ガジュマルの剪定《せんてい》をする俺に、「友達」と会った話を楽しげにする。よどみない嘘に、舌を巻く。

俺は慎重に言葉を選ぶ。まだ妻に期待をしていた。俺の我慢や努力が足りなかったなら、言ってほしい。そして不倫の事実を正直に認めてくれるなら、お互い謝って、やり直せばいい。今ならまだ……。

「咲奈、今日会った友達は」

「ん?」

リビングでピアスを外しながら咲奈が小首を傾げる。

「今日会った友達は、一言でいうとどんな人なんだ?」

「え？　一言で？」

笑みを浮かべて、数秒考えた咲奈は答える。

「パートナー、かな」

「パートナー」

「高校のとき、一緒に委員会をやっていて、その思い出が強いから」

嘘に聞こえた。

「そっか」

全力で微笑を浮かべた。咲奈は「明日のお弁当、冷凍食品使っちゃうね」とキッチンに行き、冷凍庫を開けた。

「あれ？　ガリガリ君。四つもある」

「うん、衝動買い」

「ダメですよ～、あんまりアイスキャンディ食べすぎちゃ」

君のせいだ、と叫びたいのをこらえて「ごめんね」を言う。

「光弘さんは、たった一人の大切な人だから心配なのです」

「……ありがとう」

期待は崩れ去った。咲奈は、俺を欺き続けるつもりだ。

尾行の夜から一週間が経《た》った。

咲奈の様子を観察し続ける一週間だった。火曜日、俺は九時過ぎに帰宅した。玄関に置かれた咲奈のパンプスは、今日は履かれていない様子だった。

「今日も、お仕事お疲れさま」

「うん」

「ご飯、できてるよ。ロールキャベツと豆乳グラタン」

「おう、そうか」

と、俺は答え、極力会話をしなかった。

ロールキャベツも豆乳グラタンも流し込むようにして食べた。

「ごちそうさま」

「あ、お風呂沸いてるよ。先に入る?」

「うーん、後でいいや」

乱暴に答えると、何を勘違いしたのか、「今日、仕事大変だった? お疲れなのかな」と気遣《きづか》う声を発してくる。癇《かん》に障《さわ》るが、耐える。

「別に、そういうわけじゃないけど……」

寝室に戻って着替えをした。

俺を裏切った咲奈に復讐《ふくしゅう》する方法。

一週間で、すでに手は打ってあった。俺を欺く咲奈がいたように、咲奈の知らない顔が俺にもあるのだ。

寝室の外に咲奈が立つ足音がした。ドアを開けてこないので、俺のほうから出ていく。階段を上がったところで咲奈は立っていた。

「どうした？」

「なんでもないよ」

表情は曇っている。俺の態度が気になったのだろう。妙に警戒されないため、笑みを浮かべた。

「光弘さん」

咲奈は口ごもって、言葉に迷う素振りをした。いつも聡明《そうめい》でハキハキした彼女にしては、珍しい逡巡《しゅんじゅん》だった。

咲奈は天窓を見上げてから、俺に目線を移した。

「私はいつも光弘さんの味方だからね」

刹那《せつな》、俺は咲奈を突き飛ばしたい衝動に襲われた。嘘をつくな、という怒声とともに。全力の理性で衝動を抑え込み、伸ばした腕を咲奈の背中に回した。胸に抱き寄せながら、ゆっくりと空中に息を吐く。

「嬉しいよ」

心と裏腹な一言を絞りだしてから離れると、「やっぱり先にお風呂もらおうかな」と言って階段を下りる。

玄関に目を向けた。咲奈のパンプスが目に映った。準備はしてある。自分でごまかせない思いが胸に宿っているから。

――咲奈への憎しみだった。

＊

若宮葵の件で光弘さんを疑うのは、きちんと自分の目で確かめてからにしよう。

そう決めたのは、おとといの夜、階段の上で光弘さんの胸に抱き寄せられたときのことだった。あのとき、耳に響いてきた光弘さんの心臓の鼓動は、妙に早かった。

「私はいつも光弘さんの味方だからね」

安心したくて、そう言ってみた。――あなたも、私を味方だと思ってくれてるよね？

「嬉しいよ」

その言葉は白々《しらじら》しく聞こえた。「やっぱり先にお風呂もらおうかな」と階段を下りていった光弘さんの背中を、足先で蹴飛《けと》ばしたくなった。

どうして、目を合わせてくれないの？

むくむくとわき上がりそうになる疑念を懸命に押しとどめる。

今は、そのときではない。

光弘さんを責めるのは、証拠を手に入れてからだ。


そして昨日、私は捜査に乗りだした。

仕事に出かける光弘さんを玄関で見送ってから約一分後、Tシャツにロングスカートという部屋着そのままの姿で外に出る。いつものパンプスだとヒールが高くて長時間歩くのに支障が出てしまいそうだったから、久しぶりにスニーカーを履いた。持つのも、最近使っているクラッチバッグではなく、地味なトートバッグにする。

最寄り駅までは、徒歩五分の一本道だ。速足で追いかけようとしたとき、すぐ近くのコインパーキング前に見慣れた背中を見つけて急停止した。とっさに電信柱の陰に隠れ、様子を窺《うかが》う。

「なあ、ひどいと思わないか」

光弘さんの声がする。相手は誰だろう、と首を伸ばして、ようやく状況を把握した。

猫だ。

白に黒ぶちの、丸々とした猫。駅に行く途中の道にいつも同じ猫がいる、とちょっと前に光弘さんが話していたことを思いだす。ふてぶてしい顔をしている猫に、私は頭の中でブッチーと名前をつけた。

猫相手に独り言《ひとごと》なんて、光弘さんは可愛いな——と思わず頬を緩《ゆる》めた直後、信じられない言葉が耳に飛び込んできた。

「俺は、咲奈に裏切られたんだ」

身体が凍《こお》る。家での言動に違和感は覚えていたけれど、これほど直接的に私のことを悪く言う光弘さんを見るのは初めてだった。

「仕方ないよな。ちょっとくらい復讐したくなる気持ち、おまえもわかるだろ」

猫のブッチーに向かってそう言い残し、光弘さんは駅へと歩きだした。

復讐、という言葉が、耳の中で木霊《こだま》する。そんな恐ろしい単語が光弘さんの口から飛びだすなんて、想像もしなかった。

今すぐ追いかけていって、その言葉の真意を問いただしたい。

その衝動を懸命に抑えながら、私は尾行を続けた。去り際にブッチーに恨みがましい視線を向けてみたけれど、知らん顔をされた。

ひどいな。私にはなついてくれないなんて。

最寄り駅のホームまでついていって、少し離れたドアから同じ電車に乗る。

光弘さんが勤める株式会社ランカージョブは、都心にある。四十分ほど電車に揺られながら、私はスマートフォンを操作して明石くんにメッセージを送信した。

『今日は行けなくなりました。急でごめんね』

本当は、昼前から隣町のマンションに行く予定にしていた。ドタキャンしてしまって明石くんには申し訳ないけれど、根が優しい彼はそれくらいで怒ったりしないだろう。

電車に乗っている間に、明石くんからメッセージが返ってきた。

『あれ、珍しい。旦那さんがお休み取ったとか？』

そういうわけではないのだけれど、と小さく溜め息をつく。夫を尾行しているとはさすがに言えない。

『実はそうなの。またあとで電話するね』

残りの時間は、スマートフォンでニュースなどの情報をチェックして過ごした。四十分の通勤時間というのは、思った以上に長い。

気がつくと、私はぼんやりと、例の疑惑について考えていた。

瑞希さんのエステ店を経営危機に追い込んでいる若宮葵は、株式会社ランカージョブから派遣されてきたのだという。もしその営業担当者が藤後でも堂上でもなく『藤堂光弘』だったとしたら。光弘さんが私に嫌がらせをするつもりで、若宮葵を店に送り込んできたのだとしたら。

日中、行動を監視されていた？

想像すると、ぞっとする。光弘さんは、会社を抜けだして、私のことを見張っていたのかもしれない。私が買い物以外どこにも出かけずに、きちんと家事をしているかどうか。家というトリカゴの中から、逃げだしていないかどうか。

でないと、私が瑞希さんの店で隠れてパートをしていることを、光弘さんが知るわけがない。

一つ、不安なことがあった。

夫がいない間の日常生活を見られていたということは、エステ店で働いていたということだけでなく、もしかすると、もう一つの重大な秘密も――。

「ううん、それはありえない」

目的の駅に着き、人波に押し流されながら、小さく呟く。もしあのことを夫が知っていたとしたら、何も瑞希さんのお店だけをピンポイントに狙《ねら》うような真似《まね》はしないはずだ。瑞希さんは、何も悪くないのだから。

「復讐、か」

光弘さんが猫に語りかけていたおぞましい言葉を、口の中で繰り返した。

今日は、その証拠を見つけないと。

人混《ひとご》みに紛《まぎ》れて歩く光弘さんの後ろ姿を、私は急いで追った。

株式会社ランカージョブが入っているのは、古そうな雑居ビルの五階だった。案内板の表示を確認してから、私は近くにある喫茶店に入り、窓際の席に陣取った。ここなら、ビルの入り口を安全に見張ることができる。

光弘さんがようやくビルから出てきたのは、十二時過ぎになってからだった。急いでお会計をして、後を尾ける。

「藤堂さん、今日はどこ食べ行く？」

「社長の好きなところで」

光弘さんは、髪をかっちり固めた若い男と連れ立って歩いていた。社長が私と同い年くらいとは聞いたことがあったけれど、ちょっと怖そうな人だな、という印象を持った。

「じゃ、今日は天丼《てんどん》」

「いいですね」

気の抜けるような会話をしながら、若い社長と光弘さんは大通りへと歩いていく。その後ろを、私は慎重についていった。

光弘さんは社長と頻繁に昼ご飯を食べに行くような仲なのだな、と驚く。

「ねえ、今度の安達《あだち》さんの案件だけどさ」

「はい」

「藤堂さん一人で片づけられるよね」

「大丈夫です。本番で力を発揮するタイプなんで」

「ほんとだよ。社内で大人しくしてる様子を見てると不安になってくるんだよ。藤堂さん、能ある鷹《たか》のくせに爪《つめ》隠しすぎ」

「能ある鷹だからこそ隠すんじゃないですか」

二人は仕事の話をしているようだった。お得意先での大事な商談を任せてもらっている様子に、少しほっとする。社長から全幅の信頼を置かれているらしい。

朗《ほが》らかに社長と軽口を叩きあっている光弘さんを見ていると、私が間違っていたんじゃないかという気がしてくる。

やっぱり、仕事を抜けだして私を監視するなんてこと、あの真面目《まじめ》で優秀な光弘さんがするわけない、かな。

いつも可愛く甘えてきてくれるし、植物を育てるのが趣味で性格は温厚だし、早く帰った日には代わりにお風呂掃除をしてくれたりするし……本当にいい夫なんだ、光弘さんは。

社長に向けられている光弘さんの笑顔を見てそう考えたのも束《つか》の間《ま》、今朝コインパーキング前で立ち聞きしたセリフを思いだして身震いした。

――俺は、咲奈に裏切られたんだ。

二人は近くにある天丼のお店へと入っていった。小さなお店だから、さすがに中に入ったら気づかれてしまいそうで、私はそわそわしながらお店の前で聞き耳を立てる。だけど、二人の会話はそれ以上聞こえてこなかった。

三十分ほど経って、店から光弘さんと社長が出てきた。

「これから外回り？」

「はい。今日は二、三件ほど」

「働くねぇ。俺はいったん戻るよ。じゃ、頑張ってきて」

光弘さんは店の前で社長と別れ、通勤鞄を手に駅へと歩きだした。

ここからが今日の正念場だ、と緊張しながら歩く。もし光弘さんが仕事をサボって家へと向かう電車に乗ったら、即刻アウト。真面目に外回りの仕事をしていたら、今日のところはセーフ。

ドキドキしている私の前で、光弘さんは家とは反対方向の電車に乗り込んだ。私はひとまず安心する。

だけど。

絶対にあってはならないことが起こったのは、それから約三十分後だった。

都心から少し離れた住宅街の中にある、三階建ての古びた事務所。真っ黒に塗られた壁と、中の見えない曇りガラスの窓。明らかに普通の会社とは思えない外観の建物に、サラリーマン姿の光弘さんは迷うことなく近づいていった。

「えっ、これって」

驚いて、電信柱の陰に隠れる。光弘さんは私の姿には気づかずに、入り口の引き戸をノックした。

中から出てきたのは、真っ白いスーツを着た四十代くらいの男の人だった。髪は茶色というより、金色。どう見ても、人材派遣の正式な取引先とは思えない。

「やあ、先日はどうも」

光弘さんが、怪しい笑みを浮かべながら白スーツの男に話しかけた。その親しげな様子に、視界がぐらつく。

そして、建物の入り口上部に取り付けられている金色の文字を見たとき、私の目眩は余計にひどくなった。

そこにはこうあった。――『若宮興業』と。

「明石くん、仕事中にごめんね。瑞希さんのお店に若宮葵ってスタッフを入れたとき、明石くんのところに来た人材派遣会社の社員がいたでしょう」

見知らぬ土地から夫と暮らす街へと逃げ帰り、私は小走りで道を進みながら明石くんに電話をかけていた。

『ああ、ランカージョブですね。あの営業がどうかしましたか』

「名刺、まだ持ってたりするかな？　名前を教えてほしくて」

『見つけたらすぐ連絡しますけど……変にかかわらないでくださいね。とんでもない派遣社員を送り込んできた要注意人物なんだから』

「うん……ありがとう」

シエルブルーで仕事をするときは、人づてに光弘さんにバレないよう、念のため旧姓を使っている。だから明石くんは、私の戸籍上の苗字《みょうじ》を知らない。

明石くんとの電話を切ったとき、瑞希さんのお店はもう目の前に見えていた。ガラス戸を勢いよく開けて駆け込むと、レジカウンターにいた瑞希さんが目を真ん丸にして迎えてくれた。

「あれ咲奈ちゃん、どうしたの？　今日はシフト入ってないのに」

若宮さんはいますか、と私は息せき切って尋ねた。瑞希さんは怪訝そうに眉を寄せてから、「休憩中だから、外に」と小声でささやく。振り返ると、店の向かいにあるコンビニの駐車場に、ガラの悪い四人の男女が座っているのが見えた。その中に、白いエステユニフォームを着ている、派手な茶髪の女性がいる。

私は店を飛びだした。道を渡ってコンビニの駐車場へと駆けていき、まっすぐに若宮葵のもとを目指す。

「あの、若宮さんですよね」

息せき切って話しかけると、薄い茶色のカラーコンタクトレンズを入れた大きな瞳《ひとみ》がぎよろりとこちらを向いた。

「あんた、誰?」

「シエルブルーのスタッフです。別の曜日にシフトに入ってて」

若宮興業とはどういうご関係ですか――という言葉が喉《のど》まで上がってきたけれど、口に出すことはできなかった。四人の男女の服装や髪型を見れば、一目瞭然《いちもくりょうぜん》だ。

この人たちは、普通の人じゃない。

「実はね」私は若宮葵の耳元に顔を近づけ、とっさに鎌《かま》をかけてみた。「私も、最近ランカージョブから派遣されてきたんだ。若宮さんも、って聞いたよ」

「えっ? ああ、そうなんだ」

若宮葵はニヤリと笑い、「いいバイトだよね」と無邪気な声で言った。

「あの手この手で一ヵ月以内に店を潰せたら、派遣料に加えて二十万円のボーナス。今時、なかなかこんな条件ないよ」

「そ、そうだね」

「あたしは知りあい経由でこっそり紹介してもらったんだけど、お姉さんはどういうコネ? エステティシャン経験なんて、もちろんないよね」

曖昧《あいまい》な笑みを浮かべて、私はその場を離れた。心の中が、真っ黒いものでどんどん汚れていく。光弘さん。ランカージョブ。外回り。白スーツの男。曇りガラス。若宮興業。若宮葵。シエルブルー。——瑞希さんの夢、宝物。

そこへ、一本の電話がかかってきた。

『名刺、見つけたよ。あの派遣社員を送り込んできた、ランカージョブの悪徳営業マン。名前は——』

明石くんの声が続く。

『——藤堂光弘。だけど、これを知ってどうするんですか。咲奈さんが何考えてるかは知らないけど、かかわりあいになるのはやめたほうがいいと思いますよ』


ガリガリ。

ガリガリガリガリガリ。

何かと思ったら、私の口元で聞こえる音だった。

ハッとして冷蔵庫を振り返る。

大変だ。おととい光弘さんがガリガリ君を四つも買ってきていたから、少しくらいいいかと思って食べ始めたら……もしかして、これ、最後の一個？

七月だというのに、どうりでさっきから冷えるわけだ。私はぶるりと身体を震わせて、手に残ったアイスキャンディの棒を見下ろした。棒の表面はまっさらだった。

小さいころ、当たりを出すことを夢見て何本も食べて、親に叱られたっけ。

結局一回も当たりが出た記憶はない。全部ハズレだった。

そう――ハズレ。

もしかすると、夫選びという人生で最も大事な局面においても、私はハズレくじを引いてしまったのかもしれない。

光弘さんほど私を大切にしてくれる男性は、他にいないと信じていた。だからこそ、この人を一生支えていこうと決意した。

本当は、仕事に未練があった。でも、家事まで手が回らず光弘さんに迷惑をかけることが目に見えていたから、会社を辞めて家庭に入った。料理も掃除も洗濯も、あまり好きではないけれど、できることはすべてやった。

結婚してから三年間、光弘さんは私のおかげで、毎日栄養満点の温かいご飯を食べ、埃《ほこり》一つない部屋で寝転び、糊《のり》のきいたシャツで出勤できていたのだ。

他にもたくさんある。ちょっと体調が優れないときでも、甘えたがりな光弘さんを拒否することはせず、耳かきや肩揉《かたも》みをしてあげた。光弘さんが育てているガジュマルの鉢がベランダに出ていたら、細かい天気の移り変わりを気にするようにもした。

それなのに。

私のささやかな生きがいを潰すような真似をするなんて。やっとお店を持つことができた瑞希さんに、あんな顔をさせるなんて。

何よりも——若宮興業のような反社会的な組織と関係を持ってまで、私に復讐をしようと企《たくら》むなんて。

「……絶対、許せない」

昨日すべての真実を知ってから、私は一度も光弘さんと顔を合わせていなかった。あまりにショックで、先に寝てしまったのだ。『体調が悪いので先に寝ます。ご飯は温めて食べてね』とテーブルにメモを残して。

今朝も、結婚してから初めて、朝食を作らなかった。「適当にトーストでも焼くから、起きなくていいよ」と光弘さんは私を気遣う素振りを見せていたけれど、たぶん内心喜んでいたはずだ。体調が悪ければ、妻が外出することはないのだから。

「ただいま」

玄関のドアが開く音がした。私は素知らぬ顔で廊下に出ていって、「おかえり～」といつもと同じ声色で答える。

「おお、起きてたか。体調はどう？」

「おかげさまで、だいぶよくなったみたい。心配かけてごめんなさい」

「それならよかった」

そんなこと、思ってもいないくせに。

「あれ？　このパンプス、捨てるの？　まだ新しかったのに」

玄関マットの脇に置いてあるビニール袋に目を留めて、光弘さんが首を傾げる。中には、最近まで使っていた桜色のパンプスが入っていた。

「突然ヒールの部分が折れちゃってね、もう直せないみたいなの」

折れたというのは嘘だった。

折ったのだ。

といっても、意図的にではない。昼間にドラッグストアへ出かけようとしてパンプスを履きかけ、この靴が光弘さんからのプレゼントだったことを思いだした。

それで、むかついて――投げた。

まさか、三和土《たたき》にぶつかった衝撃で、ヒールがぽっきり折れるとは思わなかったのだ。飛んでいったヒールを見て、我が右腕の潜在能力に驚いた。中高時代にソフトボール部かハンドボール部に入っていれば、エースにでもなれたかもしれない。

「そうかぁ……ヒールが折れるなんてこと、あるんだな」

「ね、びっくり」

「残念だな。あれ、咲奈にすごく似合ってたのに」

光弘さんは眉を下げ、複雑そうに口元を歪《ゆが》めていた。その表情を見て胸が痛む。こういう状況とはいえ、せっかくのプレゼントを壊してしまったのは、さすがに私が悪い。

「……ごめんね」

「ううん、咲奈のせいじゃない。また買えばいいさ」

肩を落としたまま、光弘さんは家の中に上がり、廊下を歩いていく。リビングに足を踏み入れた途端、光弘さんが素っ頓狂《すっとんきょう》な声を上げた。

「ちょ、これ、何が起きた？」

光弘さんの視線の先を見て、私は「ああ」と声を上げた。キッチンの床に、大量のパン粉が散らばっている。

「ごめん！　今こぼしちゃったばっかりで。すぐ綺麗《きれい》にするね」

これも嘘だった。アジフライを作るときに怒りのあまり手が滑ってぶちまけてしまったのを、後で片づけようと思って放置していたのだ。ストレス発散のつもりでガリガリ君を果てしなく食べていたら、掃除するのをすっかり忘れていた。

ちなみに、今日の料理は散々だった。気がつくと卵を殻ごと握りつぶしていたり、煮えたぎる油に菜箸ではなく自分の指を浸そうとしていたり。

そもそも料理を始めるまでにも時間がかかった。なぜか包丁を研ぐのに気合が入ってしまったせいだ。おかげで三本ある包丁はすべて極上の切れ味になっている。

全部、光弘さんのせいだからね。

テレビのほうを向いている光弘さんの背中を睨《にら》む。それから、私は雑巾を濡らして床のパン粉を片づけ始めた。

復讐。

復讐。

パン粉をかき集める動作を繰り返すたび、光弘さんが昨日猫のブッチーに話していた言葉が耳の中に蘇る。

それなら、私だって。

この感情を受け入れるまでには、丸一日を要した。身体の隅々《すみずみ》までどす黒い波が広がっていって、私の血を染める。

一言で表すなら――。

この思いを的確に表す言葉はないかと、考えを巡らせる。床の掃除を終えて立ち上がった瞬間、私はぴったりな言葉を思いついた。

――殺意。

私は今、光弘さんに殺意を抱いている。

＊

機嫌の悪い木曜日だった。

午前中、デスクでしばらくエステサロン『シエルブルー』のホームページを睨んでいたが、耐えきれずトイレに立った。

不機嫌の理由はもちろん、パンプスだ。咲奈の口ぶりから、歩いている途中にヒールが折れて怪我《けが》をした、という事故ではなかったとわかった。

せっかく苦労して細工を施したのに！

七センチのヒールに切れ目を入れるぐらいでは、なんの効果もなかったのだ。俺は事の顚末《てんまつ》に腹を立てながら、洗面所でバシャバシャと手を洗う。水を止めて、溜め息を落とした。

咲奈に憎しみを抱いた俺は、咲奈のパンプスに仕掛けをしていた。なんとも、みみっちい方法ではあった。が、野中だっただろうか、「昔、安物のヒールが折れて足を捻挫《ねんざ》したことがあります」と話していたのを覚えていたのだ。

事故に見せかけるならこれだ、とひらめいた。咲奈が不在のタイミングを見計らい、片足のヒールに切り込みを入れた。ハイヒールの芯《しん》というのは金属なのかと思っていたが、実際はプラスチックが多いという。咲奈のもそうだった。アクリルカッターとやすりを使い、なるだけ断面を綺麗にカットした。

首の皮一枚ならぬエナメルの革一枚で繫《つな》がったヒール。履いてすぐバレては無意味なので、完全にはくっつかない程度に接着剤をつけた。表面の剝げた部分は購入した塗料でカムフラージュした。バカバカしさより憎しみが勝り、作業は捗った。

ちょっとしたDIY気分で、「妻転倒装置」を完成させた。なのに、呆気《あっけ》なく処分されるなんて、むなしいばかりだ。

そもそも、主婦の咲奈がヒールの高いパンプスを頻繁にシューズボックスの外に出している。このことにもっと早く不自然さを覚えるべきだった。

俺のプレゼントしたパンプスで不倫相手と歩いていたのだ。柔らかいピンク色が咲奈に似合うね、と一緒に選んだ靴で……。

転倒して怪我をしてしまえばいい。不倫男に会う日に足を挫け、と願った。もちろん確率は極めて低い。でもありえなくはない。咲奈を傷つけたかった。

「けど失敗だ」

鏡に向かって言う。

昨日から体調を崩している咲奈を思い浮かべる。朝食を作れなかったり、パン粉をぶちまけたり、ふだんの咲奈からは考えられない醜態だった。よほど具合が悪いのだろう。今朝も朝食の味が変だった。もちろん顔にも口にも出さなかったが、味付けを失敗しているのは明らかだ。

弱々しい姿に束の間、決意が揺らいだのは認めよう。だが。

鏡を見つめる。鏡、浴室掃除、香水。アクセサリー。マンションに入っていく二人。

もしかして、体調を崩したのは不倫男に風邪をうつされたんじゃないか？　だとしたら、そのせいで料理が作れないなんて、夫を舐めているじゃないか。

パンプスの失敗は、やるならもっと上手《うま》くやれという、天からの叱咤《しった》に違いない。

オフィスに戻ると野中が歩み寄ってきた。

「藤堂さん」と呼ばれ、椅子ごと身体を向けると、おかきが差しだされた。

「え、なんで？」

野中は壁際にあるお菓子ボックスを目で示す。社員が百円で買えるようになっている。

「この時期、お菓子ボックスにチョコレートがないもので。藤堂さんが甘い物好きなのは知っているんですが。あっ、昼休みになってから冷凍庫のアイスを買いましょうか」

「いいえ、アイスは最近ガリガリ君を五年分食べたから。じゃなくてね、なぜおかきなのかじゃなくて、なぜ買ってくれるの？　って」

野中は隣のデスクの社員が電話中なのを確認する。腰をかがめて以前のように付箋に手を伸ばす。

「筆談じゃなくていいですから」

俺が言うと、野中は声を落とす。

「私のせいで悩ませているのでは、と」

「え？」

「奥様のことで」野中は髪を耳にかけ、いっそう声をひそめる。「私が変な告げ口をしたせいですよね」

俺の机の写真立ては、先週からずっと引き出しにしまってあった。梶谷や野中でなくても幾人かの社員に「倦怠期《けんたいき》ですか」と指摘され始めている。もちろん現状を知らない彼らは冗談半分だが。

「お菓子ごときでお詫《わ》びにならないのはわかっているのですが」

「教えてくれたことは感謝してる。大丈夫」

と言うと、野中の眼鏡の奥の目が右上に逸れる。

「それならいいのですが」

野中の視線は宙を彷徨ってからパソコン画面に止まった。

画面には『シエルブルー』のページが開いたままだった。

「エステにご興味が?」

うっかりしていた。

「知りあいがちょっとね」とごまかし、ページを閉じる。「業務中に見るものではないね」

怒ることなく野中は自分のデスクに戻っていった。

ふっと息を吐き、咲奈への次の一手を考え始める。予想していた以上に怒りは消えない。

俺は一度も咲奈との約束を破ったことはない。だが咲奈に自分と同じことを求めはしなかった。週末デートの約束を「急用が入った」という理由でキャンセルされたことも幾度かあったが、気にしなかった。咲奈の生き方、考え方に口出しをしなかった。

だから不倫だけはしないでほしかった。というのは身勝手だろうか？　いや、身勝手ではない。俺の復讐は筋が通っているはずだ。

夕刻、時間休を取って帰宅した。家路の途中、コインパーキングに立ち寄る。この時間にもＩちゃんはいなかった。想定内だ。

家に向かう途中、偶然にも前方にスーパーの袋を下げた咲奈を見つけた。

早歩きで近づいて、肩をトンと叩く。身体をびくつかせて振り返った咲奈は、小さく悲鳴を上げた。

「わ、ごめんなさい。光弘さん。どうして」

「早めに上がったんだ。こっちこそ驚かせてごめん」

首を横に振りながらも、咲奈は険《けわ》しい目で俺を見上げている。その様子から、まさか不倫相手が近くにいるのか、と勘繰り周囲に目を配る。

「光弘さん？」

「なんでもない。持つよ」

買い物袋を取り上げて先を歩いた。予想よりずしりと重みがあった。覗くと、袋詰めの塩がある。

「早く上がれたんだ？　嬉しいなぁ」

「たまには咲奈の手伝いでもしようかなって。料理、今日は俺がやろうかな」

「ええっ⁉」

「いつも甘えてばかりだから。まだ体調、万全じゃないだろう」

「で、でも光弘さん、料理は」

「失礼な。俺だって炒《いた》め物と……炒め物ぐらいはできる」

「気にしなくていいよ」

「咲奈こそ気にしないで。俺の気まぐれだから。もーちゃんみたいな気まぐれ」

あえてひっかかる言い方を俺はする。

「もーちゃん？」

当然咲奈は訊き返してくる。

「ごめん、いつも見かける猫の話をしただろう。勝手に名付けてるんだ」

「あ、そうなんだ。もーちゃん……」

咲奈は曖昧に笑い、頷いた。どこか、もーちゃんという名前には賛成しかねる、という雰囲気が見えたが、気のせいだろう。構わずに続けた。

「俺にはよくなついていてね」

「いいなぁ。前にも言ったけど、私は動物になつかれないの。触れあってこなかったからかなぁ」

咲奈は動物が好きだが、どう接していいのかわからないタイプだ。動物園でデートしたことがあったが、ウサギやモルモットと触れあえるコーナーで、がちがちに緊張していたのを覚えている。仲よくしたいのに、嫌われたくないあまりに躊躇《ちゅうちょ》してしまう。結果俺の後ろからこわごわ覗くだけ。

あのときはふだんの落ちつきとのギャップにキュンとしたものだ……。

しっかりしろ、俺。

「コツを知らないからさ。たとえば猫なら、ほぼ確実に気を許してもらえるコツがあるんだ」

「え？　そんなのあるの？」

話しながら自宅に着く。玄関を開けて靴を脱ぐ。

「まずは音楽をかける」

「音楽？」

「なるだけ陽気な音楽で、猫の気分を楽しくさせるんだ」

「へぇ」と靴を脱ぎながら咲奈が目を見開く。「次に触り方。猫は顔を触られるのを嫌がる」

「うんうん」

「逆にお腹《なか》や、足、尻尾《しっぽ》の先は撫でると気持ちがよくなる」

「なるほど。触るほうもお腹や肉球が気持ちよさそう」

咲奈は感心している様子だ。

「そう。ウィンウィンだ」

我ながら、梶谷以上に使い方を間違っている。

スーパーの袋をダイニングテーブルに置いて中身を取りだしていく。野菜、肉、袋詰めの塩。

「そして、抱き上げるときはすばやく。首を摑む。あの宅急便のロゴをイメージして」

背後の咲奈は手を洗いながら頷いている。俺はテーブルでソルトポットを開ける。

「確かに黒猫の親が、子猫の首のあたり咥《くわ》えているね」

咲奈はエプロンを取りにリビングに向かった。その姿を追いながら、塩の袋にハサミを入れた。

「猫は首を持たれるのが好きだからさ。……あれ。どうして猫の話をしているんだっけ」

俺はとぼけて言いながらハサミを置く。

「なんだっけ」咲奈は顎《あご》に指をやり、すぐハッとする。「気まぐれの話だ」

「ああ、そうだった」

「料理は平気だから」強い口調で言った咲奈が戻ってきて、目を見開いた。「何してるの！　それ砂糖！」

「えっ」

俺が袋の塩を移そうとしていたのはソルトポットではなく、シュガーポットだった。という間違いに気づいたのは、咲奈の声に驚いて塩の袋を滑り落とした後だった。開け口をバッサリ切っていたうえ、真《ま》っ逆《さか》さまに落下した袋からは塩があふれかえった。慌てて拾おうとした俺は袋の下部を摑んで持ち上げてしまい、さらに塩があふれた。

「あ、ご、ごめん！」

咲奈は口元を手で覆《おお》い、呆然《ぼうぜん》としている。演技ではなく俺は慌てふためく。復讐するには相手を油断させること。咲奈の機嫌をよくするため家事の手伝いをする。そう考えてわざわざ早退したのに、凡ミスを犯してしまった。喋《しゃべ》りに集中しすぎたのも悪かった。仕事でこんなことはめったにしないのに……。

謝罪を重ね、急いで箒《ほうき》を持ってくると、「もう。気をつけてね」と言って咲奈が塩の片づけを始める。

咲奈は塩を集めながら笑顔で俺を見上げた。

「昨日は私がパン粉をこぼしちゃったから、似た者夫婦だね」

どうやら、悪い方向には作用しなかったようで、安心した。

翌朝、仕事があるから、と言っていつもより三十分早く家を出た。

コインパーキングまで走っていく。いつもどおり精算機の前に、もーちゃんがいた。今日は早いじゃないか、という目を向けるもーちゃんの頭を左手で優しく撫で、右手で猫用チーズの欠片《かけら》を差しだす。

「すまない。頼みを聞いてほしいんだ。報酬は必ずやるから。これは前金」

もーちゃんはチーズをぺろりと食べた。

おいおい、何をさせる気だ？　という顔の顎を撫でる。

「復讐に協力してくれ」

こいつはたまげたぜ、というようにもーちゃんは大きなあくびをした。

もーちゃんを抱きかかえ道を引き返す。さすがに最初は嫌がったもーちゃんだが、チーズをやり、語りかけ、撫で撫でし、と繰り返すと落ちついた。子どものころから動物になつかれる性分が、今ほど役立ったことはない。

家に到着し、壁に沿ってベランダ側に向かう。掃き出し窓の向こうに咲奈の姿は見えない。習慣どおりなら、寝室か洗面所で身支度を整えているころだ。

「もーちゃん。本当にすまない。この借りは返すから。高級キャットフードを必ず」

俺はもーちゃんに頭を下げた。それからベランダの内側にもーちゃんをそっと放置した。そして全力で走り去る。

もーちゃんは野良猫だがあの図体《ずうたい》だ。跳躍力に優れた様子はない。日当たりのいいベランダをしばらくは動かないだろう。

洗濯物を干すためにベランダに出た咲奈は、もーちゃんに気づくはずだ。忍び込んできた野良猫。ベランダにそのままにしておくわけにはいかない。うちの部屋はペット禁止だし、洗濯物に毛がついてしまう。猫を抱きかかえて外に出そうとするだろう。だが咲奈は動物が苦手という「弱点」がある。そこで頼るのは俺が吹き込んだ豆知識だ。

昨日咲奈に語った猫になつかれるコツは、嘘八百である。猫は大きな音を嫌うし、腹も足も尻尾も触られたら怒る。首の後ろを持っていいのはせいぜい子猫までだ。

ひっかかれて、嚙みつかれてしまえばいい。運悪くもーちゃんがバルトネラ菌保有の猫だったら、猫ひっかき病に感染するかもしれない。人畜共通感染症の一種で、感染すればリンパ節がひどく腫《は》れる。

自覚はある。

パンプス以上にせこい作戦だ。

だが、どうにか咲奈に報復したい、恨みを晴らしたいのだ。文字どおり猫の手も借りたい。

もーちゃんには不快な思いをさせてしまって申し訳ない。人間不信にならないでくれ。

でも頼む、もーちゃん。

今朝の脳内もーちゃんは、黒ずくめのヒットマンスタイルで、俺に肉球を掲げてみせている。

＊

光弘さんを見送り、燃えるゴミの袋を外に出す。今日はやけに重いな、と一瞬首を傾げてから、昨夜の食塩丸々一袋ぶちまけ事件を思いだした。

そもそも、食塩一キロって、燃えるゴミでよかったんだっけ。

まあいいや、とそのままゴミ袋を置いて家の中へと戻る。その後、朝食の食器を洗う間も、私はずっと昨夜のことをぐるぐると考え続けていた。

昨日の夕飯は、とても美味しくできた。

できたのだけれど。

いつまでも、苛立《いらだ》ちが収まらない。

家政学部に在籍していた学生時代、栄養学の講義で、女性教授が楽しそうに言っていた。

――よく覚えておいてね。人間にとって最も身近な毒は、塩分よ。

睡眠薬や風邪薬なら数百粒。コーヒーなら百杯以上。その点、塩は茶碗《ちゃわん》一杯で致死量に達する。醤油《しょうゆ》なら、たった一リットルだ。

——もし皆さんが将来どうしても夫を殺したくなったら、毎日の食事をちょっとずつ塩っ辛くしていくのが一番効果的です。心不全、がん、脳卒中。あらあら病気がよりどりみどり。

冗談が過ぎる先生だなあ、とあのときは思っていた。まさかその教えを自分が実行することになるなんて、学生時代の自分が聞いたら卒倒するに違いない。

昨夜は、光弘さんだけのために、塩分過多のお味噌汁と塩分過多の焼き魚と塩分過多の野菜炒めを作るつもりだった。

だから、少なくなっていた食塩をわざわざスーパーで買い足したのだ。それなのに、光弘さんが袋を丸ごとひっくり返したせいで、計画は台無しになってしまった。

味噌や醤油で代用しようかとも考えたけれど、色がつくからあまり多くは入れられない。結局、いつもとさほど変わらない味付けになってしまった。腹いせに光弘さんの分の漬物だけ倍量にしておいたけれど、果たして意味があったのかどうか。

しょうがない。すぐに効果が出るわけではないし、地道に続けていこう。

そう自分に言い聞かせる。光弘さんをなんとかしてひどい目にあわせたいという強い思いは、私の中で急激に膨らんでいた。塩分増量計画は、人としてやってはいけないことをした夫を懲《こ》らしめるための第一歩だ。

他に、何かできることはないかな。

家の中を見回しながら、洗面所へと向かう。そろそろ洗濯物の脱水が終わるころだった。

脱衣所の天井付近にある突っ張り棒に、大きく背伸びをしてピンチハンガーをひっかける。新しい策を練りながら次々とシャツや靴下をハンガーに吊《つ》るしていると、あっという間に洗濯機は空になった。

洗濯物をハンガーごと抱え、ベランダへと向かった。リビングを横切り、掃き出し窓を開ける。気温の高さと日差しの強さにちょっと顔をしかめながら、私は物干し竿《ざお》へと手を伸ばした。一番日当たりがいい端《はし》っこには自分のブラウスを吊るし、光弘さんのワイシャツはその陰に追いやる。これも、光弘さんへのささやかな抵抗だ。

洗濯物をすべて干し終わり、リビングに戻ろうと回れ右をした瞬間——私は、小さく悲鳴を上げた。

ベランダの隅に、大きすぎる毛玉のようなものが落ちていた。

猫だ。

丸々と太った猫が、気持ちよさそうに身体を横たえ、自らの尻尾に顔をうずめている。

「……ブッチー?」

白と黒の模様に見覚えがあることに気づいて、そう呼びかけてみた。でも、巨大な毛玉が動く様子はない。

「ええっと、もーちゃん、だっけ」

昨日の光弘さんとの会話を思いだして、不本意ながら呟いてみる。すると、ブッチーが気怠《けだる》そうに顔を上げた。どうしたんだ嬢ちゃん、吾輩《わがはい》の名前を知っているのかい、とでも言いたげに。

ネーミングセンスにおいて光弘さんに負けた悔しさを嚙み締めながら、私は恐る恐る腰をかがめ、ブッチーの顔をじっと見つめた。

「あのう、出ていってもらえませんか」

途端に、ブッチーが大きなあくびをする。嫌だね。日向《ひなた》ぼっこの途中だもの。そんな声が聞こえてくるようだ。

「困ったなぁ」

私は頭《こうべ》を垂れ、溜め息をついた。このまま放置しておくわけにはいかない。ペットを飼っていると勘違いされたら大家さんからお叱りを受けるかもしれないし、洗濯物に悪戯《いたずら》をされたら大変だ。最近手に入れた高級品のブラウスに爪でもひっかけられた暁には、数日間は立ち直れないかもしれない。

どうしよう。

途方に暮れ、ブッチーを見つめること十数秒間――私の耳に、昨日の光弘さんの言葉が蘇ってきた。

――まずは音楽をかける。なるだけ陽気な音楽で、猫の気分を楽しくさせるんだ。

――次に触り方。猫は顔を触られるのを嫌がる。逆にお腹や、足、尻尾の先は撫でると気持ちがよくなる。

――抱き上げるときはすばやく。首を摑む。あの宅急便のロゴをイメージして。

ああ、そっか。

私はぽんと手を打った。それから、その場にしゃがみ込み、ブッチーに向かってゆっくりと手を伸ばした。

ブッチーが動かないのは、ここが猫にとって気持ちのよい場所だからだ。格好の休憩所を発見したブッチーは、わざわざ背の高い柵を越えて、うちのベランダに入ってきたのだろう。こんなに身体が大きくて重そうなのに、意外にも、ベランダへの侵入を可能にするだけの跳躍力は備わっているのだ。

だったら。

もう一度高くジャンプして、自発的に出ていってもらえばいい。

これ以上ここにいたくないと思わせればいい。

つまり――猫の嫌がることをして、ベランダの居心地を悪くしてしまえばいい！

我ながらナイスアイディアだった。昨夜の塩分増量計画は失敗してしまったけれど、今日はなかなか冴《さ》えている。

私はゆっくりとしゃがみこみ、ブッチーの顔へと手を近づけた。光弘さん曰《いわ》く、猫が撫でられると嫌がる部位だ。そこを触れれば、きっと驚いて逃げだすに違いない。

ふわふわとした頭部を掌で包み込み、わしゃわしゃと思いきり左右に撫でてみる。その瞬間、ブッチーは勢いよく身体を翻《ひるがえ》し、ベランダの外へ――。

出ていかない。

嫌がるかと思ったのに、ブッチーは気持ちよさそうに目を細めて私の手に揺さぶられている。私はびっくりして、ブッチーの頭に手をのせたまま固まってしまった。

「えっ、なんで？」

思ったよりも手強《てごわ》いようだ。こうなったら、猫の撃退法その二を発動するしかない。

猫は陽気な音楽が好きだと光弘さんは言っていた。だったら、逆に――。

私は静かな声で、映画『ハリー・ポッター』のテーマ曲を歌ってみた。なるべく不穏に聞こえるように、細い高音で、ゆっくりと、ところどころに自己流のビブラートをかけながら。

あれ？

ブッチーは、逃げだすどころか、またベランダの床に寝そべってしまった。目もすっかり閉じていて、このままだと再び眠りの世界に引き戻されてしまいそうだ。

なかなかしぶとい。

私はいったんブッチーの頭部から手を離し、腕を組んだ。

「こうなったら、最終手段！」

光弘さんはこう言っていた。抱き上げるコツは、すばやく首を摑むことだと。それならば、その逆を試みれば、ブッチーは尻尾を巻いて逃げだすのではないか。

私は緩慢な動作を心がけながら、人間の子どもを抱くように、ブッチーの脇の下にそっと手を入れてみた。そのまま、落とさないように注意しながら立ち上がる。

あれれ？

なんの抵抗もなく、持ち上がってしまった。さすがに目は開けたけれど、ブッチーは特に逃げだそうとする様子もなく、私の両手にすっぽりと収まっている。

どうしよう。計画失敗だ。

抱き上げたブッチーを正面から見つめたまま慌てているうちに、ふと気がついた。

ベランダの端に駆け寄り、身を乗りだしてブッチーの身体を地面へと近づけてみる。すると、ブッチーは私の手を抜けだし、音もなく地面に着地して遠くへと走っていった。

あまりに平和的な光景に、拍子抜けしそうになる。

ほっとして部屋の中へと戻りながら、そういえば猫を撫でたのも抱いたのも人生初だったことに気がついた。

「普通の猫が嫌がることを喜ぶなんて……変な猫ちゃん」

でも、あの猫なら、時間をかければ私にもなついてくれるかもしれない。

そんな期待を抱くと同時に、ちょっぴりブッチーのことが好きになった。『ハリー・ポッター』のテーマ曲をテンポよく歌いながら、私は身支度を整えに寝室へと向かった。


午後一時過ぎに、隣町の高層マンションに到着した。いつもの部屋に向かい、鍵穴に鍵を差し込む。右に捻ろうとして、ドアが開いていることに気づき、そのままドアノブに手をかけた。

「来ましたよ〜」

玄関を入り、部屋の奥へと声をかける。すると、明石くんの「おかえり〜」という声が聞こえてきた。今日はここで仕事をしているらしい。

「びっくりしたぁ。いたんだね」

すぐそばの部屋から姿を現した明石くんに笑いかけると、「一応、この部屋の借り主は僕なんですけどね。知ってます？」と彼は冗談めいた口調で答えた。

「咲奈さんに合い鍵を持たせてあげて早一年、すっかりこのマンションに入り浸るようになりましたね。ひょっとすると僕以上に」

「ひどいなぁ、そんな言い方して」

「いっそ、ここに住んでしまえば？」

「こら、冗談はダメですよ～」

背伸びして明石くんの頭を叩くふりをしてから、廊下の奥へと向かう。高層マンションの最上階にあるこの部屋は、とても広い。天井が高く、リビングの他に部屋が二つもあって、床には高級なカーペットが敷かれている。

「今日はね、ちょっと、借りたいものがあって」

「何です？」

「カラー印刷が綺麗にできるプリンター。持ってる？」

「インクジェットプリンターのことですか？　ありますけど……珍しい。写真でも印刷するんですか」

「明石くんには秘密」

ふふ、と笑ってごまかす。明石くんは、それ以上詮索せずにノートパソコンを貸してくれた。デスクトップと二台持ちだから仕事には支障がないし、プリンタードライバーもインストール済みだという。

仕事をしている明石くんの横で、私は作戦を実行に移した。

「さっきから一生懸命、何してるんですか。教えてくださいよ」

途中で、明石くんが不意に顔を寄せてきた。画面を覗き込もうとする明石くんを押しやり、ぴしゃりとノートパソコンを閉じる。

「ダメです。秘密って言ったでしょう」

「そんなに躍起になって隠さなくても。僕たち二人の間には隠し事を一切作らないって、この前約束したじゃないですか」

むくれる明石くんはちょっと可愛い。だけど、今はチラシを完成させるのが急務だった。

「仕方ないなぁ。じゃ、頑張ってる咲奈さんに、コーヒーでも淹れてあげますか」

「やったぁ！　ありがとう」

くるりと振り向いて、席を立った明石くんに向かって微笑む。家ではいつも私がコーヒーや紅茶を用意するけれど、ここにいると持ってきてもらえることも多い。

そんな優しい明石くんは、たぶん、気づいてもいないだろう。——私が今、夫を殺す方法を必死に考えているなんてこと。

「ただいま」

「おかえり〜」

いつものドアの音、いつもの呼びかけ。

一足早く家に帰って夕食を用意していた私は、パタパタとスリッパの音を鳴らしながら玄関へと赴いた。

「ご飯、ちょうどできたところだよ。一緒に食べよう」

「いい匂《にお》いがするな。今日の献立《こんだて》は？」

「鮭《さけ》のバター焼き、ほうれん草とコーンのソテー、人参のグラッセ、それからクリームシチュー」

「おお、美味しそう」

光弘さんは嬉しそうにリビングへと向かい、さっそくダイニングテーブルの椅子に腰かけた。私もその向かいに座り、いただきます、と手を合わせる。

「あれ」クリームシチューを一口食べた光弘さんが、ほんの少し首を傾げた。「今日は、いつもと何か違うね」

「あ、気づいた？」

「咲奈にしては味付けが濃いような」

「この間お友達と行ったレストランを気に入ってね、ちょっとお店の味を真似してみたんだけど……どうかな。あんまり好きじゃない？」

「ううん、そんなことはないよ。確かに、レストランの料理は家庭料理よりも味付けが濃いもんな。これはこれでいいのかもしれない」

クリームシチューを再び食べ始めた光弘さんを眺め、私はほっと息をついた。

塩分増量計画、リベンジ成功！

その場で踊りだしたくなるのをこらえながら、私はクリームシチューを口に運んだ。

うーん、やっぱり美味しい。私の分は、いつもと同じ優しい味付けだ。

鮭もソテーもシチューも、光弘さんの分だけ食塩を足してある。ちょっと入れただけで味が変わってしまうから、思ったよりも少ない量しか投入できなかったのは残念だったけれど、毎日続けていけば効果はありそうだ。

それから、今日は光弘さんの分だけ、バターの代わりにマーガリンをたっぷりと使って調理してみた。水素添加という加工技術により製造されるマーガリンには、トランス脂肪酸という脂質が含まれている。このトランス脂肪酸は、摂取量が多すぎると心臓病のリスクが高くなるため、デンマークやスイス、アメリカの一部などでは含有量が制限されているのだ。

これまで添加物や栄養バランスに配慮しながら料理をしてきたおかげで、主婦である私には食品に関する十分な知識が備わっていた。そんな私が光弘さんの身体をなるべく早く蝕《むしば》むために考案したのが、塩分とトランス脂肪酸のダブル投与計画だった。

そして、あともう一つの計画は――。

「これ、何？」

完璧なタイミングで、光弘さんがテーブルの端に置いてあったチラシを取り上げる。

「食材宅配サービスの広告みたい。今朝、郵便ポストに入ってたの」

「へえ、面白いチラシだな。『あなたは知っていますか？　食の豆知識クイズ』だって」

「解いてみたら？　裏に答えが載ってるよ」

「どれどれ。第一問。次のうち、一番ダイエット効果があるのはどれか。A、野菜ジュース。B、豆乳。C、カロリーゼロの炭酸飲料。これはAかBだろ——えっ、Cなの？」

チラシの裏を見た光弘さんが、両目を大きく見開いた。

「へえ……そうか、カロリーゼロ飲料って、名前からして胡散臭《うさんくさ》いと思ってたけど、本当にカロリーがないんだな。百ミリリットルあたり五キロカロリー未満だってさ。『これは野菜ジュースや豆乳よりもずっと低い値で、カロリー摂取量を最低限に抑えられるため、ダイエット効果がダントツで高い』んだと」

「最近の科学技術はすごいね」

「本当だ。カロリーゼロとかオフとかいったって、甘いんだからどうせ太るんだろうと思い込んでた」

「光弘さんも、試してみたら？　カロリーゼロダイエット」

私は席を立って、光弘さんの隣に立ち、彼のお腹へと指を伸ばした。ベルトの上にほんの少しだけのっている肉を、つんと人差し指の先でつついてみる。

「えっ」光弘さんは驚いた顔で自分のお腹を眺め、それから私の顔を見上げた。「……俺、そんなに太ったかな」

「うーん。どうかなぁ。前よりは、ちょっと」

ためらいがちに言うと、光弘さんはあからさまにショックを受けた表情をした。

「そうか。今まで、ダイエットとは無縁だと思ってたんだけどな。年齢のせいかな。もう三十五だし」

「大丈夫。今日はそんな光弘さんのために、特別に買い物をしてきてあげました～」

私は冷蔵庫に近づいていって、座っている光弘さんにも中が見えるように、大きく扉を開いた。中には、青や黒のペットボトルが十数本。

全部、カロリーゼロの炭酸飲料だ。

「おお、仕事が早いな」

「思い立ったが吉日、ですから」

にっこりと微笑む。光弘さんは「ありがとう、後で飲むよ」と言いながら、また手元のチラシに目を落とした。残りの問題に取り組むつもりのようだ。

光弘さんが熱心に読んでいるチラシは、明石くんのノートパソコンとプリンターを借りて私が作成したものだった。

食材宅配業者の名前と連絡先だけは実在する。

だけど、掲載されている健康情報は——全部、真っ赤な嘘だ。

カロリーゼロ飲料は、確かにカロリーがほとんどない。ただし、砂糖の代わりに使われている人工甘味料には、体内の糖の代謝を狂わせて糖尿病などの生活習慣病を発症させる危険性や、強い甘味への依存をもたらして逆に食べすぎを促《うなが》してしまうリスクがあると指摘されている。ダイエット効果があるかどうかはともかく、健康にいいとはとてもいえない飲料なのだ。

クイズの第二問や第三問にも、嘘の健康情報をちりばめておいた。本物のミルクではなく、サラダ油、着色料、香料、増粘多糖類、乳化剤などの塊でしかないコーヒーフレッシュを『積極的に使いましょう』とすすめてみたり、カロリーゼロ飲料と同じく人工甘味料が入っている微糖の缶コーヒーを『とっても健康によい飲み物です』と断言してみたり。

これを、光弘さんが信じてくれれば。

カロリーゼロ飲料も、コーヒーフレッシュも、微糖の缶コーヒーも、光弘さんの目につくところにばっちり揃《そろ》えてある。あとは、本人の自発的な健康行動を待つばかりだ。

「そういえば、今朝、ベランダに猫ちゃんが入ってきてたの。すごくびっくりして、どうやって出ていってもらおうかと考えてね——」

薄味のクリームシチューを口に運びながら、私は平和な食卓を演出し続けた。

「――ね？　本当に変な猫ちゃんだったなぁ」

「そう……そんなことがあったんだなー」

屈託ない笑みで言う咲奈に、努力して笑い返す。心は泣いている。

おい、もーちゃん！　話が違うじゃないか。

わかっている。話なんてしていない。でも。

悔しさの代わりにクリームシチューのジャガイモを噛み締める。濃い目の味付けも美味しいが、計画失敗の事実を聞きながら食べているせいで塩辛さが際立つ。塩辛さのせいで「塩辛食おうとて水を飲む」という、今の俺にぴったりのことわざを思いだした。猫に嫌われる行為を事前に吹き込んだことが、鮮やかなほど裏目に出てしまった。

＊

「おかわりする？」

空になったシチュー皿を見て咲奈が訊いてくる。首を横に振った。

「ごちそうさま。お風呂にするよ」

皿をシンクに運びながら「お風呂上がりにさっそくカロリーゼロ飲んでみる」と言うと、咲奈は嬉しそうに笑った。

バスタブの湯に肩まで浸《つ》かり、静かに息を吐く。ヒール作戦、もーちゃん作戦と連敗して意気消沈している自分がいた。いや、失敗そのものより、咲奈がまるで気づいた様子もなく、俺の健康を心配してくれたり、猫の話をしたりしてくることが腹立たしいのか。

顔をバシャバシャと洗い、浴槽を出る。鏡に映る自分の身体を眺める。腹の贅肉《ぜいにく》をつまむ。なるほど確かにたるんでいる。ショックではある。最近ジムに通えていないせいだ。

実は、ジムといっても一般的なスポーツジムではない。秘宗拳《ひそうけん》という日本ではマニアックな中国武術の道場だ。俺は長年鍛錬とストレスの発散を兼ねて通っていた。

足が遠ざかったのは、なるだけ咲奈との時間を作りたかったから。

ただの肉付きのいい中年になることを、望まないわけではなかったのに、と思う。腹から指を上に逸らす。あばらの上には古い傷がある。咲奈には子どものころに自転車で転んで怪我をしたのだと説明していた。

風呂上がりに冷蔵庫からカロリーゼロ飲料を出し、蓋を開けた。炭酸の音が小気味よく響く。


翌日は土曜日だったので会社は休みだった。八時半過ぎに目覚めると、咲奈はすでに起きていて朝食を準備している。

今日は夏日だった。リビングはエアコンの涼風で心地よい温度が保たれている。少し涼しくなりすぎていたので、リモコンで設定温度を上げた。

いつもの休日の風景。濃い味付けのスクランブルエッグを胃に入れる。ソファに座り、漫然と流れるテレビを見る。咲奈はコンロ回りの掃除をしていた。

俺は冷蔵庫から微糖のコーヒーを取る。これも咲奈が用意してくれていた。

「スポンジ替えようかな」と呟いて咲奈が高い位置の戸棚を開く。一五三センチの咲奈には背伸びをする必要がある高さだ。俺は無意識に動き、棚からスポンジを取ってやる。俺の身体と腕に挟まれる形になった咲奈が、一瞬張り詰めたような顔になる。

「あっ、ありがとう」

スポンジを受け取った咲奈はすぐに照れ笑いになり、俺を見上げる。頭一つ分小さな妻がとても無防備で、か弱く映る。

「あぁ……」

頭に靄《もや》が詰まったような口ぶりで俺は答えている。

不覚にも、不倫妻に親切を発揮してしまった。取《と》り繕《つくろ》って微笑んで俺は離れた。

微糖のコーヒーを飲んで、ふと立ち止まる。コーヒーを眺める。妻のすすめで健康にいい飲料を美味しくいただいている自分はなんなのか、と思ったのだ。なぜ夫を裏切った咲奈の、偽りの優しさに甘えているのか。俺は復讐しようとしているのに。

メッキの笑顔とわかっていても、情というものは厄介だ。復讐心が揺らいでしまう。

しっかりしろ。惑わされるな。

涼しいリビングから洗面所に移動する。「こんなもので騙《だま》されるな」と小声で吐き捨て、コーヒーの中身を流しに捨てた。こげ茶色の液体を水で流していると、ポケットでスマホが震えた。

若宮葵だった。驚きつつ電話に出ると、すぐさま葵の甲高《かんだか》い声が響く。

『もしもし、藤堂さん！　私も一緒に行っていい？』

「はい？」

何の話だ。葵の周囲では男たちのがやがやした声がしている。

『テツたちが藤堂さん誘うっていうから、代わりに電話してみた～』

テツと呼ばれているのは若宮興業の若手、田之倉哲哉《たのくらてつや》のことだ。

「え、誘う？」

『あ、すいません、俺っす』

電話口が田之倉の声に替わる。

『最近ジムに来ないじゃないっすか。今日行きましょうよ。手合わせしてくださいよ』

せがまれている。田之倉たちは秘宗拳仲間でもあった。俺は動物だけでなくやんちゃな若者たちにも妙になつかれやすい。

贅肉が気になりだしたばかりだ。それに、ジム通いは田之倉たち気の置けない連中との交流の場だった。久しぶりに行くのも悪くない。

「なるほど。ん？　葵嬢も一緒って？」

『あ、ああ、それは』

口ごもる田之倉から電話を奪ったらしく、葵の声になる。

『今から誘えば藤堂さんがご飯奢《おご》ってくれるんじゃないかってこいつら……あ、放してよ～！　ね、私も食べたい、肉』

たかられている。しかも肉なのか。

『でないと私、もう藤堂さんの会社の悪さ手伝ってあげない！』

やかましい声だ。「悪さって、葵さん」と困った声を出しつつ、行くことにした。

ある意味渡りに船かもしれない。なるだけ咲奈と一緒にいたくないのだから。

電話を終えると、咲奈に急用ができたから昼食も夕食も要らない、と言い置いてそそくさと準備をした。

「土曜日なのに。会社で何かあった？」

「心配要らない」

答えになっていない返事をする。咲奈にはこういう言い方が効果を発揮する。

「うん、わかった」

案の定、物わかりのいい妻の顔で咲奈は俺を見送った。

若宮興業に着くや否や、田之倉と他四名（言わずもがな葵含む）の若者たちが現れた。

「藤堂さん、来てくれて嬉しいっす。汗を流す前に腹ごしらえを」

「腹ごしらえメインだろ」

「いやいやいや」

大げさな素振りで田之倉が手を振る。ソフトモヒカンでガタイもいいが、顔立ちはあどけない。

「構わんよ。おまえらには働いてもらってるから」

「あっ、そういや安達の件はいつやるんすか？　俺、完璧にやってやりますよ」

先日梶谷にも促された、俺の案件だった。

「えー？　おまえにできるわけないじゃん」

鼻の穴を膨らませた田之倉に、葵が馬鹿にしたように言う。

「できるっすから！　俺だって。やらせてくださいよ、藤堂さん」

田之倉が強気に言う。田之倉は短気かつ葵に気がある節がある。安達の件が梶谷と俺に回されたという話になり、葵にいい格好をしたいのかもしれない。

「無理無理」と葵が笑う。葵は少々、ものごとを短絡的に決めつけるところがある。このまま田之倉が後に引けなくなっても面倒だ。プライドは持つべきだが、若いうちは大きすぎるプライドに自分が振り回されることがままある。

「おまえ一人の問題じゃない。失敗したら皆の、俺たちが責任を取る話になる。だからこそ俺は本当に信頼できる人間を使う」

軽さを取った口調で俺は試すように言った。

「藤堂さんたちに恥をかかせたりしません」

田之倉のような男は、無駄に澄んだ目をする。

「あとで連絡をやる。身体を張ってもらうぞ」

田之倉が目を輝かせた。

「もちろんすよ。……望むところっす！」

目を爛々《らんらん》とさせた田之倉の背中を叩いてやる。

ランチ営業をしている焼き肉店に行った。このところ咲奈のことで鬱々《うつうつ》としていたので、にぎやかに話をするのは気分がほぐれた。今期のプロ野球はどうとか、アイドルの誰が可愛いとか、田之倉がドローンを買ったが使う機会がないとか。他愛《たわい》ない会話に時々参加しつつ肉を食う。

トイレに立った葵の背をぼーっと見つめる田之倉をほほえましく観察していると、「藤堂さんに頼まれてた例の件、テツ、ちゃんと伝えたのかよ」と、若手の一人が声を上げた。田之倉が「あっ」と声を上げる。

「すいません。忘れてました」

忘れんなよ、ドローンの話とかどうでもいいんだよ、とどやされながら田之倉はスマホを取りだした。晴れていた心に灰色の雲が浮かぶ。でも依頼したのは俺のほうなので、「助かるよ」と礼を言った。

「いえ。藤堂さんに言われたマンションを見張って、この女と一緒に出入りしてた野郎を調べました」

この女、と言ってスマホに表示されているのは咲奈の写真だ。俺が送った写真である。もちろん俺の妻であることを田之倉たちは知らない。先日尾行した際には不倫相手の顔がよく見えなかったし、動転して引き返してしまった。咲奈に顔を知られておらず、時間に融通の利く田之倉たちに男の調査を依頼したのだ。

「男の名前は明石勇太《ゆうた》。職業は会計士っす」

言いながら田之倉が画面をスワイプする。と、爽やかな男の写真が表示された。思わず息を呑んだ。知っている男だった。つい最近、利用した男じゃないか！　まさか、こいつが咲奈の不倫相手だったとは。

「あのマンションは一年ぐらい使ってるみたいっすよ」

報告を終えて満足した様子の田之倉は皿の上のカルビに箸を伸ばす。が、トイレから戻ってきた葵に横取りされ、言いあいが始まった。

一年。少なくとも一年、咲奈に騙されていたわけか。ずっと信じていたのに。ジュウジュウと網で肉が焼かれる。俺の身体の中でも炎がメラメラと燃える。パンプスとか猫とか、せこい作戦に甘んじていた自分が、灰になっていく。

本当に何から何まで、偽りだったんだな。咲奈は平然と嘘をつく女だった。この先もおそらく俺を欺き続ける。偽りの日々を続ける気だ。

ふつうのことで泣いたり笑ったりするささやかな日常。すべてが無駄だった。信じた過去も未来も、奪われた。

俺の中でまだ漠然としていた妻への憎しみが、一線を越えた。傷つける程度の復讐では足りない。

焼き肉屋の後、田之倉たちとともにジムへ行った。久しぶりに無心になって、汗を流した。身体はなまっていたが、動けば動いた分、澱《よど》みが落ち、頭はクリアになっていく。

夜になって家に帰る。仕事はどうにか終わったと、安堵《あんど》した表情を演出した。

咲奈は俺が持ち帰ったホームセンターの大きな袋に目をやる。

「何を買ったの?」

「健康といえば、って思って」袋を傾けて中身を見せる。ダンベルだ。

「身体を引き締めるならこれだよね」

袋ごと渡してみる。受け取った途端に咲奈の身体は傾き、慌てて袋を抱え込んだ。

「重っ」

「八キロが二個。気合入れて重めのやつにした。咲奈も使っていいよ」

「ちょっと私には無理。パス」

袋を受け取って、俺はソファに座った。

ダンベルを取りだす。ラバー素材ではない、銀色の光沢のクロムメッキ。同義語だがダンベルよりも鉄アレイと呼びたくなる品だ。

俺はさっそく筋トレをするふりをしながら、エアコンを見上げた。今夜も稼働中だ。視線をそのまま下ろし、ソファで本を読んでいる咲奈を見つめる。

「咲奈、明日は確か瑞希さんと会うんだっけ」

咲奈が本から顔を上げた。

「うん、午後。夕飯までには帰るから」

本当に相手が黒沢《くろさわ》瑞希なのかどうか、もはやどうでもいい。明日の日曜日、咲奈が留守になることが重要だった。

ダンベルを置き、風呂に向かう。

湯に浸かって第三の作戦を構想する。決行は明後日《あさって》の月曜日だ。天気予報どおりなら月曜日の気温は三十度になる。

明日のうちにやるべきことはソファの細工。うちのソファは組み立て式だった。平らで木製の肘掛けはネジで本体に固定されている。そのネジを外すか、緩めておく。実験もする。俺の体型は咲奈と大きく違うから、ベストな位置を考慮しなくては。ダンベルを置く場所が重要になるだろう。

今回も俺はアリバイを確保する。そして今までのようなせこいやり方は、やめる。風呂から上がる。咲奈は寝室にいる様子だ。冷蔵庫から炭酸飲料を取りだす。カロリーゼロ。咲奈が「俺の健康のために」と用意したもの。

真実の愛、ゼロ。……面白くもない。

まがいものの優しさだ。飲んでたまるか。

俺は中身をジャバジャバと流しに捨てる。

明後日、今度は本気で咲奈を殺すつもりで仕掛ける。

＊

一キロの食塩を丸々捨てた金曜日から三日が経ち、また燃えるゴミの日がやってきた。

排水口の水切りネットを外し、また私は深く溜め息をつく。ふわりと立ち上る香ばしい匂い。それから、妙にべたついている排水口の蓋。

やっぱり、これって。

金曜日に偽の健康啓発チラシを仕掛けた直後、光弘さんは機嫌がよさそうに炭酸飲料を飲んでいた。大量に買い込んでおいたカロリーゼロの炭酸飲料や微糖の缶コーヒーは、その後も順調に減っていった。

おかしいな、と気づいたのは、昨日の朝のことだった。

光弘さんが飲みきったはずのコーヒーの香りが、いつまでも流しの周りから消えなかったのだ。不審に思って排水口の蓋を開けてみると、替えたばかりの水切りネットが心なしか茶色く染まっていた。

そして今朝も、やっぱり同じことが起きていた。

ということは——。

全部、捨てているんだ。飲んだふりをしているだけなんだ。

今朝、光弘さんは、「今まで朝は紅茶派だったけど、コーヒーもなかなかいいな」などと出がけに話しかけてきた。私は洗濯機を回すため脱衣所とキッチンを行き来していたから、光弘さんが微糖の缶コーヒーを飲んだ瞬間は見ていない。だけど、この排水口の状況からして、あの言葉は嘘だったのだろう。

どうして光弘さんがそんなことをするのか、全然わからなかった。少なくとも、私が嘘のチラシを作ったことは、絶対にバレていないはずだ。光弘さんは私がパソコンを使えるなんて知らないはずだし、この家にはそもそもプリンターがない。

それなのに、どういうわけか、光弘さんには不審に思われてしまっている。

光弘さんの態度がどこか冷たいのは相変わらずだった。土曜日には、昼食も夕食も要らないと言って、何の用事があるのかも教えてくれずに家を出ていってしまった。帰ってきた光弘さんが洗濯カゴに入れたシャツからは、ほのかに焼き肉の匂いがした。日曜日も、私が瑞希さんと会ってくると告げて家を出たとき、光弘さんはなんだか妙にそわそわして嬉しそうにしていた。

私と一緒にいるのがそんなに嫌なのかと思うと、悲しくなる。

他に、何かできること。

この土日にじっくり考えて、私は一つ、新しいアイディアを思いついていた。

ふんふん、ふふんふん、ふんふーん、ふーん。

猫のブッチーとの一件以来すっかりマイブームになってしまった『ハリー・ポッター』のテーマソングを口ずさみながら、私は寝室の床に一生懸命ワックスがけをしていた。

床のワックスがけというのは、家事の中でも一位か二位を争うくらい大変な仕事だ。一度やり始めたら、それだけで丸一日が潰れてしまう。

まず掃除機をかけて、ゴミや埃をしっかり取り除く。それから床一面に剝離剤《はくりざい》を撒《ま》いて、古いワックスを浮かす。一時間ほど放置してから、雑巾で水拭きして液剤と浮いたワックスを拭き取る。しばらく床が乾くのを待って、今度は専用のワイパーで樹脂ワックスを塗りつけていく。一層目が完全に乾いたら、次に二層目を塗って仕上げる。

この手順をしっかり守ってワックスをかけると、保護された床には綺麗な光沢が出て、スリッパや靴下で歩いても滑りにくくなるのだ。

今回の計画では、これを逆手《さかて》に取ることに決めていた。

つまり、正しい手順を守らずに、剝離剤を拭き取らないまま上から樹脂ワックスを塗ってしまえば——ワックスがいつまでも固まらず、ものすごく危険な状態の床を作りだすことができる。

それはもう、スケートリンクやバナナの皮なんて、目じゃないくらい。

とはいっても、もちろん、全部の床に細工をするわけではない。

ターゲットは、階段だ。一番上の数段だけ、手順をうっかり間違えてみる。それが今回の計画だった。

二階のワックスがけを通常どおり終え、階段に取りかかった。剝離剤を撒き、すぐに上から ワックスをたっぷり塗り重ねていく。

階段を下りながら作業をすれば、私が足を滑らせることはない。今日の夜まで二階に行かなくて済むように、必要な服や化粧品はすべて脱衣所に移動させてあった。

光弘さんは、夜お風呂に入る前に、必ず着替えを二階の寝室に取りに行く。「お湯が冷めちゃうから、急いでね〜」などと声をかけると、律儀に駆け足で階段を上ってくれる。

そうして階段の一番上まで到達しかけたところで、光弘さんは固まっていないワックスの上で足を滑らせて転倒し、真っ逆さまに下まで転げ落ちるのだ。

体重が軽い子どもならいざ知らず、光弘さんの身体は大変なことになるだろう。

きっと上手くいく。

都合のいいことに、ちょうど、最近体重が増えているみたいだし。

そんなことを考えながら、私はワックスがけを続けた。罠《わな》を仕掛けた後は、剝離剤だけを撒いて階下に下りる。

そこで、ふと違和感を覚えた。身体中から汗が噴《ふ》き出ていて、頭がくらくらする。

どうしてここ、こんなに暑いんだろう？

最高気温が三十度を超える。そんな予報を見たから、朝からリビングのエアコンはつけっぱなしにしていたはずだった。

「光弘さんが消したのかな」

額の汗を拭いながら、リビングへと向かう。でも、いくら私に腹を立てているからって、そんな子どもの悪戯みたいなことを光弘さんがするだろうか。ただ単に、エアコンが動作不良を起こしただけかもしれない。

リビングに入り、壁の上部に取り付けられているエアコンを見上げる。やっぱり、電源が切れていた。

「ええっと、リモコン、リモコン」

リビングをぐるりと見回し、エアコンのリモコンを探す。だが、おかしなことに、よく目立つはずの白いリモコンはどこにも見当たらなかった。

「おかしいなぁ。いつもはここに置いてあるんだけど……」

エアコンのすぐ下には、二人用のソファが置いてある。その平らな木の肘掛けの上に置いた気がしていたけれど、そこにはない。棚の上やダイニングテーブルの上にも、どこにもない。

「リモコンなんて、なくなるはずないのになぁ」

腕組みをして、部屋を見回す。その間にも、どんどん汗は流れ出てきた。ワックスがけで身体を動かした後だし、このまま蒸し暑い部屋にいたら熱中症になってしまう。

そうか、と途中で思いついた。

直接本体を操作して、電源を入れればいいんだ。

幸い、エアコンの下にはソファがあった。座面に乗っただけでは、背の小さい私は本体に手が届かない。でも、肘掛けの上に立てば大丈夫そうだった。幅が広くて頑丈な板だから、ちょっとくらい足をかけても壊れることはないだろう。

そう見積もって、ソファへと近づく。

そのときふと、近くの床にダンベルが置いてあることに気がついた。ソファと壁の間の中途半端《ちゅうとはんぱ》な位置に放置されている。

「もう、光弘さんったら……せめて壁際に寄せてくれればいいのに」

八キロが二個、という光弘さんの言葉を思いだした。片づけたいけれど、あんな重いもの、もう持ちたくない。

光弘さんが帰ってきてからお片づけをお願いしようかな、と考えながらソファに上ろうとしたとき、突然ひらめいた。

二つのダンベルに、じっと熱視線を送る。

ずっしりと重そうな、銀色の金属の塊。ソファから離れ、私は床にしゃがみ込んだ。

鈍器。

その二文字が頭の中に浮かぶ。

もしかして、このダンベルを使えば、階段上部念入りワックスがけ転倒誘発計画を補強できるのではないだろうか？

思えば、階段で転倒させただけで致命傷を負わせるのはなかなか難しいかもしれない。骨折や捻挫くらいはあるかもしれないけれど、それ以上の怪我をする可能性は低い。

でも、もしこのダンベルが階段の下に置いてあったとしたら？

転げ落ちた光弘さんが、たまたまそこにあった金属の塊に後頭部を強打してしまったとしたら？

突如思い浮かんだ素晴らしいアイディアに、私は舞い上がりそうになった。エアコンはそっちのけにして、ダンベルを一つずつ手に取り、階段の下へと運ぶ。

二つのダンベルを階段の下にさりげなく配置してから、私はリビングへと戻った。

ただでさえ室温が高いのに、合計十六キロあるダンベルを運んだせいで、もう身体は限界を迎えていた。ソファに飛び乗り、肘掛けに足をかけて、エアコンへと伸び上がる。

その瞬間、足元でミシッという大きな音がした。

何が起きたかわからなかった。支えが崩れ、身体がふわりと宙に浮く。

気がつくと、私は仰向けの状態で床に投げだされていた。床に強打した肩と背中に激痛が走り、呼吸が止まる。私は床に倒れたまま、しばらくの間呻《うめ》いていた。

幸い、痛みはだんだん治まってきた。後頭部もぶつけずに済んだようだ。ゆっくりと上半身を起こし、信じられない思いでソファを見やる。

ソファの肘掛けは、見るも無残に壊れていた。

根元から折れ、ごろりと床に転がっている。

「何、これ……」

ふと違和感を覚え、私は折れた肘掛けの根元を観察した。

すると、おかしなことに気づいた。折れた部分の木の断面が、あまりに綺麗なのだ。

――まるで、もともと切り込みが入れてあったかのように。

ぞっとしてその場から離れた。背中を壁にくっつけるようにして立ち、自分が倒れていた場所をまじまじと見つめる。ソファと壁の間。仰向けになった私が、ちょうど頭を横たえていた場所。そこは――。

さっきまで、ダンベルが置いてあった場所ではないか?

「ちょっと待って」

私は胸に手を当て、息を整えながら考えた。

今朝確かにつけたはずなのに電源が切れていたエアコン。

真夏日の今日に限ってどこかへ行ってしまったリモコン。

不自然な切り込みの入れられたソファの肘掛け。

床の中途半端な場所に放置されていた、光弘さんがつい数日前に購入したばかりのダンベル。

頭の中は、恐怖と疑念でいっぱいになっていた。折れた肘掛けの断面を見つめるうちに、その感情が徐々に確信へと変わっていく。

もしかして。

光弘さんも、私を殺そうとしている?

「どうして」

シエルブルーでパートをしていただけではないか。それを光弘さんに伝えなかっただけではないか。そんなことで――。

そこまで考えて、ハッと口元を押さえた。

「気づかれた……？」

私の最も大きな秘密に。

夫には絶対に明かすつもりのなかった、裏の顔に。

そうだ。もし光弘さんがあのことに気づいてしまっているのなら、私を殺そうとする動機は十分にある。優秀なサラリーマンと、夫によく尽くす専業主婦。その平和な家庭を一瞬にして壊すだけの秘密を、私は持っているのだから。

もし、光弘さんが私の重大な秘密を知り、そのせいで私を殺そうとしているのなら。

それこそ――生かしておくわけにはいかない。

私はしばらくの間、暑さも忘れてリビングに立ち尽くしていた。塩分増量に、健康チラシに、ワックスがけ。夫の本性がわかった以上、そんな運頼みの方法に甘んじていてはいけないのではないか。確実に仕留められる方法を探さなくてはならないのではないか。

「全面戦争……か」

自分でも驚くほど乾いた声が、壊れた肘掛けの上に落ちた。

＊

勝負に出た月曜日。日が落ちても気温が下がらない。帰路を一歩一歩踏みしめながら汗を拭う。しかし汗の内訳はといえば、暑さによるものは半分だ。残り半分は計画が上手くいったのかを早く確かめたい、と逸《はや》る鼓動のせいだった。

会社を出てすぐ咲奈に送った他愛もないメッセージには既読がついていない。

「電話もしてみるか。いや、よくない」

独り言が思わず口からこぼれ落ちる。ふだんと違うことをすれば後々怪しまれてしまう。

咲奈はエアコンのスイッチを押すためソファの肘掛けに足をかけただろうか。肘掛けが折れて転倒し、ダンベルに頭を打ちつけただろうか。……きっと上手くいった。咲奈は死んだはずだ。

頭の奥と肺の奥が競いあうように冷たい。

死亡していたとして。警察の介入は避けられない。自宅で家族が死亡していた場合、一一九番通報したとしても警察の検死がなされる。事件性の有無を判断するのだ。

エアコンのリモコンが鞄の中にある。帰宅して咲奈の遺体を確認したら、リモコンをテレビの下にでも放置する。警察にはこう判断してもらわないといけない。〈藤堂咲奈はエアコンのリモコンを探したが見つけられず、本体スイッチを押そうとした。が、足場が崩れて転倒。運悪く床のダンベルで頭を打って死亡〉。

ぎりぎりのラインだ。

当初の予定では、ソファの肘掛けのネジを緩めるだけにするはずだった。でも、昨日何度も実験したが、それだけでは俺が体重をかけても肘掛けが外れてくれなかったのだ。

やむなくピンヒールに次ぐDIY作戦に変更した。ソファが目の粗《あら》い木目調であることが幸いした。肘掛けの布張りを一度剝がし、鋸《のこぎり》で骨組みに切り込みを入れた。軽い咲奈の体重でも、確実に折れるように。清々しく汗を流し、日曜大工で「妻殺害装置」を作りあげた。

ただ、そうすると折れた肘掛けの断面が不自然になってしまう。警察も気づくだろう。だから帰宅してすぐ、足場をすり替えるつもりでいた。すなわちソファの肘掛けを接着してエアコンから遠い場所に移動し、咲奈の遺体の足元にはキッチンの椅子を転がしておく。ソファの肘掛けは布張りで見た目には壊れていないように映る。幸いというべきか咲奈の掃除は徹底しているから、「床の埃の状態でソファを動かした形跡が残る」という心配もない。

現場の隠蔽《いんぺい》工作は最小限に。そして完璧に。

脳をせわしなく動かしているうちに、電車に乗り、気づけば最寄り駅の改札を出ていた。もう一度スマートフォンを開くが既読マークはついていない。

死んだか、咲奈。死んだな？　死んだよな？

「光弘さん」

斜め後ろからかけられた声に、全身の肌が粟立《あわだ》つ。振り返ると、券売機の前に咲奈がいた。

「びっくりした？」

ニコニコしながら小首を傾げる妻に、すぐ言葉が返せない。

「……どうして」生きている？「ここに？」

咲奈は眉を力なく下げる。

「クーラーのリモコンが行方不明で。部屋がサウナみたいになっちゃって」

「それは大変だ。……本体のスイッチは」

「届かなかった」

きっぱりと言って、手にした買い物袋を持ち上げる。

「カフェに行ったり買い物をしたりして、涼しい場所を渡り歩いてたら、光弘さんの帰ってくる時刻になったので、サプライズのお迎えに参りました」片足を引いておどけたお辞儀をする。「びっくりしたでしょ？」

「とても」

「作戦成功」

ふだん見せない愉快そうな顔をして、咲奈は歩きだした。

呆然とした気分で俺はついていく。ソファは使用されなかった、ということか。

咲奈のテンションが妙に高い。ただそれだけとも取れる。が、直感的にどこか不穏さを感じた。戦意を持っているような、透明な鎧《よろい》をまとっているような。そんな相手とは何度も出会ったことがある。

「あっ、光弘さん」立ち止まった咲奈が振り返る。「久しぶりに外食しませんか?」

曲がり角の向こうを指さす。その道の先には時々利用する洋食レストランがあった。

「今から料理すると遅くなっちゃうし」

「そうだね。久しぶりに」

「やったー。オムライスが食べたかったの」

昼にテレビでオムライス特集をしていたから影響されちゃって、と屈託なく解説する。

相槌を打ちながら、俺の警戒心は自動的に上がっていく。

レストランに入ると、顔なじみの店主が「いらっしゃいませ」と破顔一笑した。

「空いている席へどうぞ」

「こんばんは、久しぶりです」

「奥様の手料理が美味しすぎるからうちにはもう来てくれないかと思ってましたよ」

冗談好きの店主は陽気にそんなことを言う。俺は表情に困った。隣の咲奈は自然な笑みを浮かべていた。

「オムライスが恋しくなってしまって」

「ありがとうございます。こちらは常連のお客様だよ」水を運ぶ新人の店員に店主が説明する。「とても仲のいいご夫婦でね」

「そんなことは」

謙遜《けんそん》ではなく本音で言った。

「とても優しい夫ですから。ね？　光弘さん」

咲奈は恥じらう様子もなく言う。「ラブラブなんだからぁ」という店主の声に満足そうな表情で席に着いた。「とても優しい夫」は君を殺すはずだったのだが！　という叫びを抑える。俺も「ラブラブに節度がなくてすみません」と頭を掻《か》きながら続いた。

咲奈はデミグラスソースのオムライス、俺はビーフシチューを注文する。せっかくだからお酒を飲んだら？　と咲奈が強くすすめてきたので二人でサングリアを頼んだ。

「ここのビーフシチュー好きね、光弘さん。初めてここに来たときから、ずっとビーフシチューでしょ」

「そうだった？」

「そうだよ。私は覚えてるんだから」

運ばれてきたサングリアで乾杯をした。グラスの中で真紅の液体がゆらり、と揺れる。

「光弘さんがプロポーズしたときの表情も」

咲奈がペーパーナプキンを折って王冠を作って俺のほうに差しだした。頭のデータフォルダがぐるりと回り、プロポーズに臨んだ江ノ島の景色が広がる。

「プロポーズの、表情？　言葉ではなくて？」

「プロポーズの言葉を覚えているのは普通でしょう？　どんな顔をするのかが私にとっては重要だった」

自分は果たしてどんな表情をしていたのか。緊張で笑顔は作れていなかった。プロポーズを承諾した咲奈が微笑んでから、つられて俺の頰も緩んだのを覚えているから。向かいあわせで笑うときは、互いが互いの鏡みたいだな、と思った。

「緊張してたと思うな、俺」

「うん」咲奈は頷く。「目がね、潤《うる》んでたの」

「恥ずかしいな」

俺は本心で言い、スマートフォンを取りだした。スマホを眺めることで会話が途切れるのを望んだのだが、咲奈は続けてきた。

「だけど表情は頼もしくて。とても不思議なことにね、展望台からの景色はとても綺麗でロマンチックだったのに、私はなぜかこう思ったの。ここから見える景色に住む人たちが全員私の敵になっても、光弘さんは守ってくれるんだろうなって。そう思わせてくれるためにこの場所でプロポーズしてくれたのかなって思った」

事実だったような気もするし、そう言われた今この瞬間に事実になったような気もして、俺の中で過去の自分の気持ちが永遠の謎《なぞ》になってしまった。

「変だよね。でも信じることができた。現にずっと幸せだった」

饒舌《じょうぜつ》に語ってから、サングリアに口をつける。よくも白々しく嘘がつけるな、という思いと、なぜこんなことを話すのかという疑問が交錯する。手に持ったままだったスマホをテーブルに置き、言葉を探すと、先に咲奈が問いかけてきた。

「どうして私を選んでくれたの？」

俺もサングリアで喉を潤《うるお》した。

「選んだわけじゃないよ。俺はそんな立場じゃないから。ただ言えるのは……」

俺は心から人を信じたことがなかった。人は皆後ろめたさや欠点があり、心に悪意がひそんでいる。だから人が人を悪く言うこと、責めることは当然の摂理だと思っていた。だが。

「……咲奈のことは、誰にも悪く言わせたくないと思ったんだ」

そう思えた相手だったのだ。咲奈が少し目を見開いたのと同時に、料理が運ばれてきた。

会話はしばらく途絶える。復活したときには話題は変わっていた。さも、自然に移り変わったように。

サングリアを二杯と料理を胃に収めて店を出る。

＊

うーん、もっと飲ませたかったな。

レストランを出た後、私は苦い思いで光弘さんの横顔を見上げた。

理想は、とっさの判断力が鈍《にぶ》くなり、ちょっと足元がおぼつかなくなるくらい。でも、サングリアくらいじゃ、私よりお酒が強い光弘さんはなんともないだろう。

駅近くの大通りを歩く。もう夜が遅いからか、周りに人はいなかった。

「ねえ光弘さん、それ暑くない？」

「え？」

「ネクタイ。時代はクールビズ、でしょう」

酔ったふりをして、光弘さんの首元へと手を伸ばす。ぎょっとした反応には気づかないふりをして、するりとネクタイを緩めた。

「こんなところでほどかなくても。家についてからでいいよ」

「えー、だって見てるだけで暑苦しいよ」

光弘さんが慌てている間に、ネクタイをほどき終わる。首から外した細長い布の両端を、私は自分の両手にくるくると巻きつけた。

「咲奈、さては酔ってるな」

「さあ、どうでしょう？」

「俺のネクタイで遊ぶなんて」

「縄跳びするには短いなぁ〜」

おどけてみせながら、光弘さんの半歩後ろを歩いた。それから徐々に歩調を緩め、光弘さんの背後を取る。

ああ……今すぐ巻きつけたい。

ネクタイを、光弘さんの首に。

後ろから静かに近づき、輪っかにしたネクタイをふわりと首にかけ、両端を渾身《こんしん》の力で引っ張る。そんな自分の姿が、頭の中に鮮明に浮かんだ。不思議と違和感はない。

一杯だけ飲んだサングリアのせいだろうか。なんだか、とっても大胆な気分だ。

よし。

こっそり、手元のネクタイを交差させ、輪を作った。目の前を歩く光弘さんの首元を狙い、両手を高く上げ、助走をつけて――。

「藤堂さん！」

後ろから声が聞こえた。

絞殺用の凶器を持ったまま万歳《ばんざい》の姿勢をしていた私は、光の速さで両手を前へ伸ばし、こちらを振り向こうとする光弘さんの背中に飛びついた。光弘さんが「うわっ」と声を上げてよろめく。

「あっ、お取り込み中でしたか。すみません」

光弘さんにぴったりと抱きついたまま振り返ると、レストランの店主が立っていた。

「スマホをお忘れになっていたので、届けに来たんですが……邪魔しちゃいましたね」

「ああ、すみません。俺のです」

光弘さんが恐縮した様子でスマートフォンを受け取る。

「ありがとうございます。って咲奈、いつまでくっついてるんだ」

そこで初めて気づいたかのように、私はぱっと光弘さんから離れた。「わっ、ごめんなさい」と顔を覆ってみせると、店主の笑い声が聞こえてきた。

「本当に仲がよくて、羨《うらや》ましいですねぇ」

「まあ、はい。でも、妻はさっきのサングリアで酔っ払っているだけかと」

「酔っ払ってなんかないですよ～」

頬を膨らませてみる。呆《あき》れている光弘さんと、苦笑している店主を見て、内心ほっとした。二人とも、たった今私が殺人未遂を犯したことには気づかなかったようだ。

「では、お気をつけて。またうちにも食べに来てくださいね」

「はい、ぜひ伺います」

気さくな店主と別れ、私たちは再び帰路を辿《たど》り始めた。その瞬間、光弘さんの表情がふっと暗くなる。

きっと、疲れているのだろう。殺意を隠して仲のいい夫婦を精一杯演じているのは、光弘さんも同じだ。

でも大丈夫――家に帰ればすぐに、舞台の幕は下りるから。

「あの、すみません！」

駅前を通り過ぎようとしたとき、また呼び止められた。声をかけてきたのは二人組の男性だった。黒いポロシャツにジーンズという姿で、片方の男性はテレビカメラを構えている。

「関東テレビの『アツアツ夫婦をフーフー☆』なんですが、ちょっとインタビューさせていただいてもいいですか」

「あ、はい」

光弘さんが慌てて答える。ずいぶんと攻めた番組名だ。聞いたことがないし、ローカル感がすごい。

「お二人はご夫婦ですか」

「そうです」

「ご結婚何年目？」

「そろそろ四年目、ですね」

「おお！」

取材の条件に合致したのか、インタビュアーとカメラマンが嬉しそうに顔を見合わせた。

「今度、うちの番組で結婚三年目から五年目の夫婦を特集することになりまして。この時期って、どうしても結婚生活がマンネリ化してくるころだと思うんですよね」

「はあ」

「そこで、今でもアツアツの状態を保っている夫婦に、その秘訣《ひけつ》を教えてもらいたいんです」

「そんな、うちなんか全然……」

「ご謙遜を。さっきから道端《みちばた》で戯《たわむ》れていたじゃないですか」

「えっ」

私は思わず口を押さえる。

「見てたんですか」

「あはは、すみません。道の反対側から、こっそりとね」

危ない危ない。レストランの店主が追いかけてこなかったら、殺人現場を目撃されるところだった。

「ぜひ、ご意見を聞かせてください。まずは旦那さんから」

テレビカメラが光弘さんのほうを向く。

「えーと……マンネリ化しない秘訣は、生活に、刺激を持ち込むことですかね」

「ほう、刺激ですか。具体的には？」

「うーん……いつも妻が料理をしてくれるなら、たまには自分が作るとか。季節が変わったら、新しい鉢植えをベランダに置いてみるとか」

――ソファの肘掛けに細工をして、妻の頭をダンベルでかち割ろうとしてみるとか？

「奥さんはいかがでしょう。ずっと仲よくするコツって、何かありますか」

「はい。結婚生活に慣れたからといって、手を抜かないことだと思います。たとえば私は専業主婦なので、家事はしっかりやるようにしています」

そう。今日だって、一生懸命ワックスがけをした。

何も知らないインタビュアーに向かって、私は優しく微笑む。

「それと……感謝の気持ちを忘れずに伝えること、ですかね」

数時間後、光弘さんに伝えよう。私より先に死んでくれてありがとう、と。

「うん、いい感じです！　最後に、手を繋いでカメラに向かって手を振ってもらっていいですか。番組のエンディングで使いたいので」

インタビュアーの言葉に、私と光弘さんはぴくりと身を震わせた。

一瞬視線をぶつけあった後、ぎこちなく手を取りあい、指示されるがままカメラに向かってカクカクと手を振る。

「ありがとうございます！　いやあ、よかった。ずいぶん前から張ってたんですが、この時間に夫婦で歩いている人は少なくて。助かりました」

「ちなみに、放送はいつですか」

「再来週の番組で使う予定です。よかったらご覧ください」

そのころには、光弘さんはこの世にいない。私は若くして夫を失った悲劇のヒロインとして、その映像を見るのだ。

二人組のテレビクルーが離れていった後、私と光弘さんは同時に長い息を吐いた。

「なんか、緊張したな」

「ね」

「まさかこんなところでテレビのインタビューを受けるとは」

「ほんと、びっくりしちゃう」

殺意を抱きあう夫婦のアドバイスを聞かされる視聴者は、もっとびっくりだろう。

「咲奈の酔いも醒《さ》めたんじゃないか」

「うん、すっかり」

「帰ろうか」

「そうだね」

家では、私が仕掛けた罠が待っている。

＊

殺そうとした妻と笑顔でカメラに手を振った。……罰ゲームだろうか。何が『アツアツ夫婦をフーフー☆』だ。スタッフよ、テレビ史に残る人選ミスだぞ。内心で怒りながら帰宅すると、部屋がアツアツだった。熱気が滞留している。

気を落ちつける。冷蔵庫の炭酸飲料を取りだして、飲むふりをしながらソファに近づいた。またも不発だった仕掛け。……切なくなる。

咲奈が浴室に行っている間にリモコンを鞄から出してテレビ台の裏に滑り入れる。あとで発見したふりをしよう。本体スイッチでエアコンを起動させた。

舌打ちをこらえながらソファをもう一度振り返り、おや、と目を細めた。横に置いていたダンベルがない！

目線を走らせると階段の下に移動してあった。掃除の邪魔になったから動かした、というところか？　咲奈に返してもらったネクタイを椅子の背にかけながら顔を歪める。何から何まで上手くいかない。

キッチンにやってきた咲奈が「私も飲もうかな」と炭酸飲料の蓋を開けた。プシュッという音が、やけに荒っぽく聞こえた。

テレビをつけてからソファに腰を下ろした。座らないのも不自然だろう。チャンネルをザッピングしていく。各局バラエティ番組の放送時間だった。毎日似たような顔ぶれで似たような番組ばかりであるように感じるのは、歳《とし》を取ったせいだろうか。

東大生が出演しているクイズ番組に落ちつく。難問に頭を悩ませていると、隣に座った咲奈は一瞬で正解を導きだした。

「楽勝」

と言って炭酸飲料をぐびりと飲む。やはり今日の咲奈はテンションも言動も不自然だ。急に……ではない、か。何せ一年も不倫をしていたのだし。

咲奈はすぐ席を立って再び浴室のほうに歩いていく。

俺は折れるとわかっている肘掛けに慎重に肘を載せて……。

「……ん？」

「お風呂の準備できたよ」

「光弘さん」廊下から咲奈が顔を出す。

ああ、と頷いてのそのそと立ち上がる。

「お湯が冷めちゃうから、急いでね〜」

そう言われ、俺は習性で階段を駆け上る。階段の一番上に足をかけた瞬間、まるで払われたように足が宙に浮いた。

「え?」

払われたのではなく滑ったのだ、と気づいたのは両脚ともステップを離れて、天井が遠ざかるさなかだった。

……落ちる。

重力に従い後ろ向きに落ちる身体を捻る。右足を伸ばす。踵《かかと》がステップに届いた。というより、弾《はじ》いた。勢いは収まらない。一つ下のステップに左足を叩き込む。重心をその左足に置き、軸にする。半回転し、落下速度を削る。次のステップには右足をついて同じく回転する。残りのステップはつま先で駆け下り、最後は二段飛ばしでフローリングに着地した。衝撃を逃がすように右脚を伸ばす。

テレビから正解音と笑い声が響いた。両足がジンジンと痛むが、怪我はしていない。ただ無理に捻ったせいで腰に痛みがあった。やはり運動不足がたたっている。久しぶりにジムで身体を動かした直後でなければ危なかったかもしれない。

床に伏せた目を逸らす。まずダンベルが見えた。目線を上げると咲奈が唖然《あぜん》としていた。静かに妻の顔を見返しながら、立ち上がる。

「……だ、大丈夫？　光弘さん！」

「ああ、なんとか」

「今、すごい動きを……」

「お風呂、入る」

今度は上段までしっかり踏みしめて階段を上る。咲奈はしばらくそこに佇《たたず》んでいた。

寝室でパジャマを持った手が震えた。階段の一番上のステップは、明らかに不自然に滑りすぎていた。細工ができるのは、咲奈しかいない。今日、珍しく俺に飲酒をすすめてきたのは少しでも反射神経を鈍らせるため。ダンベルを移動させたのは確実に頭を打たせるため。

ソファの件も合点《がてん》がいく。

リビングのソファの肘掛けは、まるで仕掛けが作動していないかのようだった。が、さっき見たとき、木の切り込みに長い髪の毛が一本挟まっていた。つまり一度外れた肘掛けを、咲奈は元に戻したということだ。どういうことかと戸惑った。

可能性一、『俺の仕掛けは作動し、咲奈は転んだが助かった。肘掛けは接着した』。そんな事故があったらエアコンの話をしたときに話題に出すはずだ。可能性二、『ソファを動かしたときに肘掛けが折れたため、深く考えず接着し直した』。この場合も咲奈なら、俺がソファに座ったときにでも話題に出す。

可能性三。『俺の仕掛けは作動し、咲奈は転んだが助かった。仕掛けが作動していないと思わせるため、肘掛けを接着した』……。

なぜなら警察が来る予定だったから。そう、帰宅途中の俺と同じことを考えていた。犯行現場の部屋に不自然なソファを残さないことを。

「俺を事故死に見せかけて殺し、通報するつもりだった」

咲奈は、俺を殺そうとしている。

今夜のディナーで咲奈は「ずっと幸せだった」と言った。過去形だった。

「……バレたのか」

俺の素性が。意味ありげにプロポーズの思い出話をしたのはそういうことか。不思議ともう、怒りはわかない。愛してもいない夫の正体を知り、騙し続けるより殺したほうが安全、と考えたのだろう。合理的だ。

頭のいい咲奈のことだ。ソファの仕掛けで、俺に狙われていることも感づいたはずだ。ようやく不倫に気づいて復讐を企てた夫を、滑稽《こっけい》だと思っているのだろう。

そのうえで素知らぬふりをして、逆に俺の命を狙っている。やるじゃないか。手の震えは武者震いに変わる。

そっちがその気なら、俺もやりきるだけだ。

＊

シャワーの音が聞こえてくる。脱衣所の外の廊下で、私はしばらく呆然と佇んでいた。

失敗した。

着地する瞬間しか見ていなかったけれど、まるで特撮映画のワイヤーアクションのようだった。もしかして、光弘さんは、結婚前にスタントマンの仕事でもしていたのだろうか。いや、でも、今の会社には新卒で入社したと言っていた気がするけれど……。

とにかく、私は光弘さんの運動能力を甘く見ていたらしい。

溜め息をつきながら、バケツと雑巾を持って階段を上がった。液状のワックスを丁寧に拭き取り、証拠を隠滅しなければならない。

「いけると思ったのになぁ」

水拭きを終えた階段に座り込み、小さな声で呟く。そのとき、階下で脱衣所のドアが勢いよく開く音がした。

「そんなところで何してるんだ？」

濡れた髪をタオルで拭きながら、パジャマ姿の光弘さんがこちらを見上げる。

私は弾かれたように立ち上がった。驚きのあまりバケツを落としそうになり、持ち手をぎゅっと摑み直す。

「あっ、ええっと、昼間にワックスをかけたんだけど……最後にきちんと雑巾がけをしたかどうか、忘れちゃってね。念のため、今もう一度やってたの」

「ふうん。ワックスねえ」

「もしかして、ちょっと滑りやすくなってたかな？」

「いや、別に。俺が勝手に転んだだけだし。咲奈は気にしなくていいよ」

光弘さんの口角が微妙に上がっているのが妙に恐ろしかった。私はぶるりと身体を震わせ、慎重に階段を下りる。

「さっきまでシャワーの音がしてたのに……光弘さん、ちゃんと湯船に浸かった？　もう出てくるなんて、びっくりしたよ」

「咲奈も早く入りたいかと思ってさ。急いで上がったんだ」

「髪だって、まだびしょ濡れ」

「そうか？　きちんと拭いたつもりだったんだけど」

嘘だ、と直感する。光弘さんは、私が階段に残ったワックスの証拠隠滅を図るのを見越して、わざとお風呂の時間を短縮したのに違いない。油断している私を動揺させて、ボロを出させようとしたのだ。

つまり——光弘さんはすでに、私に命を狙われていることを自覚している。

「そういえばさ、さっきレストランで、俺がプロポーズしたときの話をしただろ」

「う、うん」

光弘さんの目は全然笑っていない。

「風呂に入りながら、あのときのこと、ちょっと思いだしてたんだ。……左手の薬指に指輪をはめたとき、咲奈は見たこともないくらい嬉しそうな顔をしてくれた。思えば、俺の目が潤んだのは、そんな咲奈の表情に心を動かされたからだったんだな。この瞬間の幸せが永遠に続けばいいと本気で思った。同時に、失うのが怖くもなった。だけど、俺の不安に反して、俺たちの幸せはこれまでの三年間、ずっと変わらず続いてくれた」

続いてくれた。……過去形だ。

「今までありがとうな、咲奈」

「突然どうしたの。お酒、回っちゃった？」

「はは、そうかも。熱い風呂に入ったから血流がよくなったんだな」

——入ってなんかいないくせに。

ろくに湯船に浸かっていないのだから、風呂場でプロポーズのときのことを思いだしていたというのも嘘だろう。これは全部、今日の私の言動に対する仕返しなのだ。

今までありがとう。だが、これからは——。

「私も、お風呂入ってくるね」

光弘さんの視線から逃げたくなり、私は脱衣所へと駆け込んだ。バケツと雑巾を元の場所に戻し、隠しておいたパジャマと下着の替えを棚の奥から引っ張りだす。

エプロンのポケットに入れっぱなしになっていたスマートフォンを取りだし、風呂場へと持ち込んだ。完全防水仕様の機種を使っているから、入浴中は覗き見される心配なく各所との連絡や調べものをすることができる。

秘密がバレてしまった以上、こうやってコソコソと動き回る必要もないのかもしれないけれど——一年以上続いている習慣は、なかなか抜けることがない。

そうだ、明日は明石くんと……。

光弘さんとの冷戦が始まっているというのに、シャワーを浴びるうちに、私の脳内は明日の予定のことで埋め尽くされていった。

社長室、という白いプレートがかけられたドアを開けると、壁一面に並ぶ十二台のモニターが目に飛び込んでくる。

その前に据えられた大きなデスクの前に座り、私は上部のモニターに表示されているチャートを眺めた。ふかふかとした革張りの椅子に頭をもたせかけ、午前九時の寄り付きを待つ。

昨夜、入浴中に相場を分析して、上昇トレンドに転じそうな銘柄《めいがら》をいくつかピックアップしていた。株式市場が開いた直後の値動きを見張る準備はすでに整っている。

分析とはいっても、ほとんどは勘だ。ランキングサイトを見て、気になった銘柄を監視リストに入れておく。そうして、取引開始後に期待どおりの値動きが起きた場合に注文を入れ、ピンときたタイミングで売り抜く。感覚的すぎて他人には説明しようのない手法だけれど、今までもずっとそうやって勝ち続けてきた。

午前九時を過ぎると、さっそくモニター上のチャートや数字に変化が現れ始めた。マウスを握りしめ、複数の波形をじっくりと観察する。

九時五分ごろ、いったん上昇してから株価が停滞し始めた銘柄を発見し、買い注文を出した。読みどおりに株価はどんどん上がっていき、九時十分に売り注文を出して取引終了。結果を確認して、私は思わず笑みを漏らす。

「五分で十万かぁ。まずまずかな」

その後も、いくつかの銘柄を売り買いし、合計で二十万程度の利益を出した。九時三十分を少し回り、値動きの幅が小さくなってきたころに、私はささやかな趣味の時間を終えることにした。

チャートを表示しているといつまでも気になってしまうから、目の前の一台を除いた十一台のモニターの電源を落とす。それから、関係各所から届いているメールを確認し始めた。ここ数日、光弘さんのことで頭がいっぱいになっていたため、未読のメールが山ほど溜まってしまっている。

軽いノックの音がした。はーい、と返事をすると、ドアが開いて明石くんが顔を覗かせた。

「咲奈さん、おはようございます。この時間から出勤してるなんて珍しい。家事はやらなくていいんですか」

「午後から家に帰るつもりだから、大丈夫。たまには後場《ごば》だけじゃなくて前場《ぜんば》にも張りつきたいなぁ、と思ってね。やっぱり、値動きが激しいほうが楽しいから」

「またデイトレードか。ほんと、好きですねぇ」

「私にとって、これはゲームみたいなものでね。ストレス発散にもなるし」

「遊びのついでに毎日何億も稼ぐ人なんて、日本中探しても咲奈さんくらいしかいませんよ」

明石くんは苦笑いをして、「これ、経営会議の資料です。目を通しておいてください」とクリアファイルを手渡してきた。私は素直に資料を受け取ったものの、直前の会話に不満があり、口を尖《とが》らせる。

「毎日何億もなんて、大げさだよ。いっぺんにそれくらい大きな利益が出たのは二回だけ。あれは、宝くじみたいなものだったし」

「いやいや、咲奈社長の投資判断能力は凄《すさ》まじいですから。デイトレードもそう。出店計画もそう。あれが全部勘だなんて信じられない！　前世でどのくらい徳を積めばそんなに金運が上がるんですか」

明石くんは冗談めかした口調で言い、肩をすくめた。副社長の明石くんが私のことを『咲奈社長』と呼ぶのは、大抵からかっているときだ。

デイトレードをやり始めたのは、二年前のことだった。静岡で茶葉製造会社を経営していた父が亡くなって、まとまったお金を相続することになった。ちょうどそのころテレビでやっていたデイトレーダーが主人公のドラマに憧《あこが》れて、私は光弘さんに内緒で株取引用の口座を作ってしまった。光弘さんの給料もそれほど高いわけではないし、定期預金の利息より少しでも儲《もう》けられればいいな、くらいの軽い気持ちで。

それがすべての始まりだった。

専業主婦としてのなんの変哲もない日常に飽きてきて、ちょっと刺激を得ようとしただけだった。だけど、一度始めたマネーゲームは思った以上に中毒性があった。

自分の予想が当たって株価が上がると心が躍る。反対に株価が下がった場合も、注文の時点で自動的に損切りをする設定にしているから、大きな精神的ダメージを負うことはない。そのちょっとしたスリルに私はすっかり魅せられた。

最初は、スマートフォンのアプリで注文を入れ、一日あたり数千円の利益を出しては喜ぶ生活だった。そんな平和な毎日に決定的な変化が訪れたのは、デイトレードを始めて三ヵ月後——小さな日本の製薬会社がある有名な難病の治療薬を世界で初めて開発したと発表したときだった。

その日の朝、たまたまその会社の株に目をつけてほぼ全財産を投資していた私は、たった一時間で数千万円の利益を上げてしまったのだ。

そのときは、嬉しいというよりも真っ青になった。デイトレードなんて、清楚《せいそ》で献身的な専業主婦がやることではない。ギャンブル好きな、はしたない女だと思われてしまうかもしれない。それなのに、到底説明がつかない額のお金を突然抱えてしまったのだ。

私は焦って、無謀な投資を繰り返した。いっそのこと、元手分くらいに戻ってしまえばいいと思っていたのだ。だけど、事態は予想もできない方向へと動いていった。

今度は、巨額損失を出して株価が暴落している国内電機メーカーの株を買った直後に、海外の巨大企業による買収のニュースが出て、株価が数倍に高騰したのだ。そこで私はとうとう億単位のお金を手にすることになってしまった。

歴史的な株の値動きを二回も引き当てるなんて、まさに天文学的確率だ。でも、現に私の資産は手に負えない金額にまで膨れ上がっていた。

後に引けなくなった私が思いついたのが、このお金を友人のために使うことだった。主婦友達の瑞希さんが、いつか自分のエステ店を持ちたいと話していたことを思いだし、秘密を打ち明けて起業を持ちかけた。瑞希さんは寝耳に水の話にびっくりしていたけれど、最終的には跳び上がって喜んでくれた。

そうして、私は株で稼いだ資金で貸店舗の物件を借り、最寄り駅の近くにエステティックサロン・シエルブルーをオープンさせた。店長はもちろん瑞希さんだけれど、彼女の強い希望で、法人の代表取締役社長は出資者の私が務めることになった。瑞希さんも私も会計系の知識が皆無だったため、瑞希さんの従弟の紹介で、経理担当には公認会計士の明石くんが就くことになった。

最初は、この一店舗だけを細々と経営するつもりだった。役員報酬はゼロにしてあるから、扶養も外れないし、社会保険もそのままで問題ない。役員登記こそ本名でしているけれど、表向きには旧姓の「鈴《すず》木《き》咲奈」という名前で活動しているから、おそらく光弘さんに伝わることもない。名ばかりの代表取締役社長でありつつ、たまにスタッフとして店を手伝い、光弘さんにバレないようにこっそりかかわり続けられればいいと思っていた。

その状況を変えたのは、この有能な明石くんだった。

「この会社の成功は、私じゃなくて、明石くんのおかげだよ」

私はコーヒーを一口飲んでからくるりと肘掛け椅子を回転させ、そばに立っている明石くんを正面から見上げた。

「広告を打ってお客さんを集めてくれたのも、都心を中心に店舗を増やしていく提案をしてくれたのも、求人を出して今の本社勤務の社員を集めてくれたのも、ビルを借りてオフィスを整えてくれたのも、全部明石くんだし」

「何言ってるんですか。多店舗展開をしようと言いだしたのは僕かもしれませんけど、創業一年にして首都圏に三十以上のお店を出して収益をあげられるようになったのは、間違いなく咲奈さんの功績です」

「そんなことないよ」

「あの魅力的な広告のキャッチコピーやデザインを考えたのは？　若い人が集まる場所がいいのではないかと発案して、渋谷《しぶや》や原宿《はらじゅく》への集中出店とそれによる大成功を実現したのは？　そもそも、あれだけの数の店を出すための資金を提供したのは？」

「お金のことを言ったら元も子もないけど……」

私は困ってしまい、先ほど受け取った経営会議の資料へと目を落とした。経営会議とはいっても、あくまで専業主婦である私は、基本的に参加しない。社員とのやりとりや会議出席などの実務的なことは、今や専任で副社長を務めてくれている明石くんに一任することにしている。実のところ、私は本社の社員にもほとんど顔を知られていない。いわば覆面社長だ。

瑞希さんが始めたエステ店は、熟練したエステティシャンによる丁寧なサービスに加え、最新式の機械をお客様がリーズナブルな料金で自由に使える「セルフエステ」なる概念を打ちだしたことで、開店直後から驚くほど大繁盛した。明石くんは、そこにビジネスチャンスを見出《みいだ》し、「多店舗展開を検討すべきだ」と私や瑞希さんにアドバイスをしてくれたのだ。

その助言をもとに、明石くんと協力してここまで事業規模を広げてきた。

こんなことになるまで、全然気づいていなかったけれど——案外、私には、ビジネスの才があるのかもしれない。

そういえば、趣味のデイトレードでも、損をすることはほとんどなかった。そのおかげで、今も個人的な貯金は増え続けている。コツは特にないけれど、いろいろな銘柄ランキングサイトや前日までのチャートの波形を見ていると、なんとなく市場の動きが読めるのだ。明石くん曰く、そんな鋭い感覚を持つ人間はめったにいないのだという。

「それにしても、旦那さんがもし咲奈さんの正体を知ったら仰天するでしょうね。ただの専業主婦かと思いきや、飛ぶ鳥を落とす勢いで成長している企業の若き女社長、だなんて」

明石くんが面白がるように言った。「やめてよ」と顔をしかめたけれど、彼が気づく様子はない。それどころか、椅子に座っている私に近づいてきて、さりげなく肩に手を乗せてきた。私は顔をしかめ、「仕事中だから」とその手をそっと振り払う。

「デイトレードで貯《た》めたお金のことも、旦那さんには言ってないんでしょう。よくバレずにいられますね」

「源泉徴収ありの特定口座を使えば大丈夫、って教えてくれたのは明石くんでしょう」

「はは、僕も隠蔽作戦に加担しているわけですね。でも咲奈さん、どうします？　今後、資産のことを知った旦那さんが会社を辞めて、ヒモになっちゃったりしたら」

明石くんは小さく笑って、「それでは」と社長室を出ていった。

彼が閉めていったドアを、ぼんやりと見つめる。

そうなのだ。

ヒモになる――くらいならまだよかった。

それどころか、光弘さんは今、私を殺そうとしている。

理由は容易に想像がつく。

光弘さんが、私の抱えている最も重大な秘密を知ったからだ。

すなわち、私が莫大な財産を抱えるデイトレーダーであると同時に、数十店舗ものエステティックサロンを経営する企業の社長という事実に気づいたから。

そうとしか考えられない。

光弘さんは、私の遺産を狙っているのだ。妻の私を葬って、私が稼いだ巨額の金を独《ひと》り占《じ》めにしようとしている。

おそらく、瑞希さんの経営するシエルブルー一号店に若宮葵を差し向けたときは、私の立場が単なるパートだと思い込んでいたのだろう。だから、私の働く場所をなくすため、店の業績を悪化させるような嫌がらせをした。

しかし、その後調査を続けるうちに、私が出入りしているのがあの店舗だけではないことが判明した。株式会社エステティック・シエルブルーという企業と、代表取締役社長「鈴木咲奈」の存在を嗅《か》ぎつけたのだ。

コーヒーカップに手を伸ばす。取っ手を摑む指が、思わず震えた。

いつか気づかれてしまったら、そのときはすべてを打ち明けて謝ろうと思っていた。だけど、真実を知った光弘さんは、私と話しあおうともしなかった。突然、ソファの脚に細工をして私を殺そうとしてきたのだ。

金のために愛を捨てるような男に、未練はない。

私が稼いだお金や、瑞希さんや明石くんと頑張って作ったお店を、みすみす奪われるわけにはいかない。

本当は離婚を切りだしたいところだけれど、こちらの財産を狙っている以上、素直に応じることはないだろう。ということは、どうにかして、光弘さんに殺される前に、私が光弘さんを殺さなければならない。

決戦は、今日の夜。

一人きりの社長室で、私は光弘さんを陥れる方法を必死に考える。

家中に、さつまいもの甘露煮のいい香りが広がる。野菜のおひたしはもう用意してあるし、和風だしのスープもできている。あとはキャベツを刻んで、豚の生姜焼きと一緒に盛りつけるだけだ。

ガチャリ、と玄関のドアが開く音がした。ただいま、という光弘さんの声は聞こえてこない。

光弘さんは靴も脱がずに、ぼうっとした表情で玄関に佇んでいた。私の姿が視界に入ってようやく我に返ったのか、「ただいま」と気まずそうに笑う。

「あれ、その袋、どうしたの」

「駅前のマイニチドラッグに寄ってきたんだよ。ボディソープやシャンプーが少なくなってたな、と思って。あと洗剤も」

「そんな、気にしなくて大丈夫だったのに。詰め替え用の袋、買ってあるんだよ」

「そうなのか。ごめんごめん」

なんだか光弘さんの様子は怪しかった。日用品の購入は、基本的にすべて私の仕事だ。どうして急に、ドラッグストアなんかに寄る気になったのだろう。

「今日の晩ご飯は、光弘さんの大好きなものだよ」

「俺の大好きなもの？」

「当ててみて」

「う――ん……豚の生姜焼き？」

「当たり！　もうすぐできるから、テレビでも見ながら待っててね」

革靴を脱いで上がり框《がまち》に足をかけた光弘さんが、ほんの少し表情をこわばらせた。深刻そうに眉を寄せてから、「今日、ちょっと体調悪いかもしれないんだよなぁ」と首を傾げる。

何を警戒しているのだろう。栄養バランスをしっかり考えて作った、美味しいご飯なのに。塩分や食品添加物増量なんていう姑息《こそく》な真似は、今日は一切していない。

「ええっ、本当？　夏風邪でも流行《はや》ってるのかなぁ」

「そうかもな」

「それなら、余計にしっかり食べたほうがいいね。お風呂で身体を温めて、すぐに寝よう」

「ああ……そうだな。食べて体力をつけないと」

「では、急いで作ってしまいますので、少々お待ちください～」

「ありがとう」

光弘さんのこめかみがピクピクと震える。私はくるりと背中を向け、薄く笑みをたたえたままキッチンへと戻る。

決戦の火蓋《ひぶた》は切られた。

私は今夜、光弘さんを殺《や》る。

＊

「てめぇが今日までに返すっつったんだろうが！　何抜かしてんだ馬鹿野郎！」

田之倉の怒号が廃屋に響き渡る。顔中痣《あざ》だらけの男は田之倉の足元に跪《ひざまず》いている。逃れようと後ろを向くが、田之倉の他にも男たちがいる。「ガラの悪さ」の見本市かというほど、刺青《いれずみ》、サングラス、柄シャツにスキンヘッドと強面《こわもて》が揃っている。

サングラスがねっとりした口調で痣だらけの男に言う。

「あんたが自分で今日を指定したんですよねぇ？　我々が決めたんじゃない。貸したお金の返済期限は切れていたのに、引き延ばしたのはこちらの温情です。会社に頭を下げて、待ってやってくれとお願いしたんです」

さすがに慣れてるな、と遠巻きに眺めて俺は感心する。

痣だらけの男は「あ、ありがたく思ってます」と土下座をした。

「にもかかわらず、金はまだ用意できないと？　私に恥をかかせる、という意識はあるんですか」

「わかってんのかオラァ！」

田之倉が蹴りをかます。その勢いに一瞬、俺はヒヤリとする。

「もちろん、申し訳ないと」

蹴られた男は肩を押さえて泣き声を発した。

「あ、あと一週間。一週間だけ」

「こりゃもうダメだ」サングラスの男が残念そうに言う。「あんた、ここまでだ」

その言葉を合図にスキンヘッドが男の上半身を引っ張り上げる。そして田之倉がポケットからナイフを抜き、ニヤッと笑い、命乞《いのちご》いをする男の腹に容赦なく突き立てる。

「ぐはぁぁあっ」

男の絶叫が廃屋に木霊する。

静寂がたっぷりと五秒。

「カット！　オッケーです」

俺の斜め前にいた集団から声がかかり、あちこちから「カット」「オッケー」の輪唱が起きる。カメラを回していた者、照明を当てていた者、長い竿《さお》先にセットされたマイクを構えていた者、その他大勢が静寂を破る。最後にして一番の長回し撮影のシーンだったが、無事に終わったようだ。

「……ぷはー。息止めてたよ、俺」

隣にいた梶谷が苦しそうにしている。

「止めなくていいんですよ」

一応ツッコミを入れてから、俺はライトに照らされていた田之倉たちに目を戻す。痣メイクの男――名前は忘れたが、カタカナの多い俳優だ――が、田之倉たちに拍手を送り、背中を叩いている。田之倉たちもまんざらではなさそうだ。

「藤堂さん、梶谷さん」

ニット帽を被《かぶ》った髭《ひげ》の男が近づいてくる。この撮影現場を仕切る、安達という監督だ。Vシネマ界では有名人らしい。

「よかったよかった。ばっちり全部今日中に撮り終わりました」

「うちの者たち、粗相はなかったでしょうか」

「いやもう全然。元気だし礼儀正しいしね。なんつったって演技力がもう本物かってぐらい」

クスッと噴きだす梶谷を、嗜《たしな》める目で見やる。

「ありゃ？ まさか、本物の人たちじゃないよね？」

安達が笑いつつ、若干眉をひそめていた。

「まさか」

強い口調で俺は言う。

「だよね。でも、いい目のつけ所だと思うよ。ランカージョブさん。エンタメ部門とか作ってさ。役者の派遣会社ってけっこうあるけど芸能プロダクションは飽和状態だし、いかつい兄ちゃんたちだけ集めるってのは面白いかも」

「安達監督との仕事が嚆矢《こうし》になれば弊社としても幸いです」

安達が去っていくと、「コウシ？ って何」と梶谷が訊いてくる。

「社長、俺一人で平気と言ったのにわざわざ現場に来られたんですから、社長らしいところを見せてください」

「そういうの俺に求めないでよ。お？ 来た来た、スターどもが」

田之倉と他数名、半分は若宮興業、残り半分も同じように昔からつきあいのある若衆だった。

「お疲れ様」

「どうでした？ 俺。やばかったでしょ」

真っ先に田之倉が進み出る。安達の依頼に誰を派遣するか決めあぐねていたが、先日自分を使ってくれとアピールしてきた田之倉の熱意を、俺は買った。

「ああ、蹴るところ、本当に当ててたからぞっとした」

声をひそめて言う。田之倉は手を横にぶんぶん振った。

「あれはそう演出指導されたんすよ」

「わかってるよ。おまえは宣言どおり、見事にやりきったよ。名演技だった」

よっしゃー！　と子どものようにはしゃぐ。

田之倉たちの解散を見届け、俺と梶谷はタクシーでランカージョブのオフィスに引き返していた。

「あいつら、喜んでたね」

いつになく静かな声音で梶谷が言った。

「ええ。まともな仕事で評価されたら、喜びますよ」

スマホで得意先へのメールを打ちながら答える。

「まとも、なぁ」ふふ、と梶谷が笑う。「まじで俳優・エキストラ派遣に本腰入れてみる？」

「社長の一存で」

「冷たいなぁ。あいつらへの風当たりぐらい冷たいな」

ちら、と隣の梶谷を見やる。西に傾く太陽を眺める顔は見えない。

あいつらへの風当たり、とはつまり、暴力団関係者への風当たりのことだ。若宮興業は廃業した元暴力団だ。その若宮興業を傘下に置いていたのは、神奈川の一部を拠点とする新庄《しんじょう》一家だった。新庄一家は五年前に廃業している。そして俺は、新庄一家の元組員だ。

俺たちは本物の、「元やくざ」だ。

やくざが生き生きしているのはVシネマの世界ぐらいだろう。暴対法、暴排条例と暴力団への締め付けが厳しくなり、暴力団の稼業は行き詰まっている。

やくざ社会では、下の者は上の者に上納金を払わなくてはならないし、上の者は下の者の面倒を見てやらなければならない。だが、今の時代に金回りがいい組などほんの一部だ。

新庄一家も例外ではなかった。

「親父《おやじ》は今ごろ何してっかね」

梶谷がぼやく。親父、というのは新庄一家を率いていた組長のことだ。組関係者は皆、組長を親父と呼ぶが、梶谷の場合は血縁としての意味がある。組長と愛人との間に生まれたのが梶谷だからだ。

組長と愛人の子が必ずやくざになるということはない。むしろ俺が知る限り少数派だ。しかし組長は幸か不幸か非常に面倒見がよく、情が深かった。愛人にもその子どもにもできうる限りの援助をし、可愛がった。梶谷は「父の役に立ちたい」と、極道に踏み入った。

もっとも、梶谷が入って数年で一家は看板を下ろした。組長は潮時を知っていたのだ。組織がなくなり、生き場所をなくした「元やくざ」が大量に生まれた。この社会は一度道を外れていた者には優しくない。更生の意思があろうと、危険人物のレッテルを貼《は》られてしまう。恐れられ、疑われ、蔑《さげす》まれる。そしてまともな職に就けないまま破滅に向かう元やくざは多い。

そんな者たちを救済する目的で作られたのがランカージョブだった。足を洗った暴力団構成員の支援を行う派遣会社。梶谷は社長に就任した。そして組長の片腕だった男が、社長の補佐をする役目を担った。それが俺だ。

オフィスに戻ると、就労現場から戻っていた何人かの派遣労働者がいた。常連の彼らとにこやかに挨拶《あいさつ》を交わす。

現在、ランカージョブに登録している派遣労働者の二割が元暴力団構成員だった。若宮興業は新庄一家の傘下だったため、特に優遇している。

野中をはじめランカージョブの社員たちは皆自分たちの職場の秘密を知らない。まして外部には絶対に漏らせないことだった。

足を洗っていると訴えても、取引相手が元やくざだと知れば、多くの派遣先が契約を解除するだろう。会社自体がいわれのないバッシングを受ける可能性もある。事実を知るのは社長と俺だけだ。

「藤堂さんのおかげで救済場所になってるね」

ぼそっと梶谷が言う。組長に進言したのは確かに俺だった。組織を解体するなら、生活に困る同胞を助けるべきではないか、と。困窮したやくざの行く末は地獄だ。

ランカージョブで彼らを違法な作業現場に派遣するなどということはない。彼らの多くは問題を起こすことなくただ真面目に働いている。マナー教育も徹底して行っていた。

派遣先で問題を起こした、または起こしかけた者は容赦なく停職させている。咲奈の尾行に利用したトランクルームの道具は、要注意人物の内偵の際、変装に使っているのだ。管理は徹底しているつもりだった。

だが、いくら題目を並べても、自分たちの過去は消えない。

「社長は悔《く》やんでますか？」

「どの部分？　生まれ落ちた場所？」

驚きをこめた目で社長を見る。

「悔やんでないよ。どうしようもなかったしさ。逆に俺は藤堂さんに同じ質問したいけど。藤堂さんは、選べたじゃない」

「選択を悔やんだことはありません」

自分は新庄一家の組員だった。この過去を悔やんでも意味はない。自分で選んだ道だ。自分以外の人間に理由はない。あるのは要素だけだ。

俺をネグレクトした両親。非行に誘った中学の先輩。高校でできた親友たち。その親友たちに絡《から》んできたチンピラ。

すべてはただの要素でしかない。彼らのどれか一つを理由にしたら、ただの言い訳になる。

親友を守るためにチンピラに挑んだ。無我夢中で、チンピラを返り討ちにしてしまった俺は、たまたま居合わせた新庄一家にスカウトされた。断らなかったのは自分の意思だ。

高校卒業後、組長の意向で数年間新庄一家のフロント企業で仕事をした。表向き堅気を装った会社で、利益を組織に流していた。

夜は荒事や敵組織との交渉の場に駆りだされることも多々あった。もとより喧嘩は強かったが、秘宗拳を習ってからは新庄一家でトップクラスの使い手になった。抗争の修羅場を幾度も切り抜けた。

会社員となった今は、皮肉にも世間を欺くためにフロント企業に勤めた経験が生きている。

「本当、藤堂さんがいてくれて助かるよ」

梶谷の言葉に首を振り、俺は席に戻る。

「お疲れさまです、藤堂さん」野中が声をかけてくる。「俳優派遣の仕事は上々みたいですね」

「おかげさまで。あ、野中さん」

「なんですか?」

「野中さんはこの会社、好き?」

「えっ」

いつもながらの無表情から、少し頰を緩めて野中は「はい」と頷いた。

「働きやすいですし……藤堂さんもいますし」

「あはは、ありがとう」

笑って返すと野中はくるりと背を向けてしまった。社交辞令を言わせてしまったな、と思う。野中たち堅気の社員を騙していることへの後ろめたさもあった。

秘密を抱えた仕事。罪を犯していた過去。今は平穏でもいつか破綻《はたん》してしまうかもしれない。それでいいのだと思っていた。

……咲奈と結婚するまでは。

自分にはもったいない妻。可愛く、料理上手で家庭的、包容力があり、もう一つおまけに可愛い妻。

自分の過去をいつか打ち明けよう、と思っていた。そして心から謝ろうと。時間はかかるかもしれない。打ち明けた途端、離婚を切りだされるかもしれない。元やくざのレッテルは重い。

構わなかった。咲奈に嘘をつき続けて生きたくはなかったから。

すべてぬか喜びだった。欺かれていたのは俺のほうだったのだから。

いつ俺の過去を知ったのだろう。結婚前はありえない。正体を知っていたならプロポーズを受けないだろう。

おそらく咲奈は本命の明石ができ、離婚を考え始めた。そこで調査会社にでも頼んで俺の素性を探った。俺が元暴力団員と知って、怖くなったのだろう。離婚を切りだせば、暴力的な報復を受けるかもしれないと。よりによって自分の不倫が原因なのだから。

それでも明石とは別れたくなかったのだ。ならばいっそ夫を殺してしまおう、と決意した。不倫をしている自分より、暴力団関係者の夫のほうが悪だ、と咲奈の中で設定されたに違いない。

俺は悪だった。でも咲奈を裏切ったことはない。今の仕事は、社会からこぼれ落ちた仲間たちを守るためのまっとうな職だ。利己的な欲望で男を弄《もてあそ》ぶほうが、よほど不埒《ふらち》だ。そんな女に殺されてたまるものか。筋が通らない。

席に着き、インターネットで「洗剤」を検索する。仕事は淡々と、確実に行う。

洗剤の袋を手に帰宅する。咲奈は何食わぬ顔で今宵《こよい》も食事を準備していた。以前まで一日の楽しみだった咲奈の手料理。

今は模造品に思えた。殺意を抱きあう夫婦が食卓を囲むなんて、滑稽にもほどがある。

「今日、ちょっと体調悪いかもしれないんだよなぁ」

と、食事の回避を試みた。

「ええっ、本当？　夏風邪でも流行ってるのかなぁ」

「そうかもな」

「それなら、余計にしっかり食べたほうがいいね。お風呂で身体を温めて、すぐに寝よう」

そう言われてしまうと食べないわけにはいかない。

……待てよ。夫に殺意を抱く妻の手料理。これは非常に、危険なのではないか。

「ああ……そうだな。食べて体力をつけないと」

声も表情も硬くなってしまう。

「では、急いで作ってしまいますので、少々お待ちくださいー」

口調は弾むようだった。ふん。簡単に殺せると思っているなら大間違いだ。修羅場なら俺のほうが断然多くくぐっている。

洗面所に洗剤を置く。スーツを脱いでからスマホだけ持ち、すばやくリビングのベランダに出た。外の空気を吸う。

ガジュマルを指で撫でる。両親から育児放棄されていた幼いころ、絵本で知ったのだ。

家のガジュマルにキジムナーが宿ると、その家は幸福になるという言い伝えを。

「ちゃんと育てられなくてごめんな」

丸い幹の植物に心底申し訳なく思い、呟いてから室内に戻る。

さあ、来るなら来い。殺られる前に殺ってやる。

第二部

光弘さんは室内に戻ってくるなり、私を見てぎくりとした表情を浮かべた。

「なあに？　どうしたの」

「いや、別に」

びくびくしすぎだ。私がキャベツを刻もうと包丁を持ち上げただけで、そんな顔をするなんて。

まあ、念入りに研いだ包丁に私がうっとり見とれていたのは事実だから、彼の反応は正しいのだけれど。

「今日の献立は？」

不審な言動を取り繕うかのように、光弘さんがいつもの質問を投げかけてきた。上の空になっているのか、さっき私が献立当てクイズを出題したことを忘れているらしい。

「えーと……豚の生姜焼き以外に、ってこと？」

「あ、ああ、そうそう」

「さつまいもの甘露煮と、セリのおひたし。それから、ヨモギ団子の和風スープ」

「セリにヨモギ？　珍しいな」

「大学のときの友人から、山菜をもらったの。実家が長野で、たくさん送られてきたから余っちゃったんだって」

私はあらかじめ考えておいた理由を説明した。光弘さんは「ふうん」と鼻から息を吐き、小さく首を傾げる。

「セリやヨモギって、春の野菜だと思ってたけどな」

「あんまりたくさんあったから、冷凍したり乾燥させたりして、長期保存してたんだって。この間電話で、身体にいい食材を料理に取り入れたいって話をしたら、譲ってくれることになったんだ」

「ところで、山菜を送ってくれた大学の友人って、名前は？」

「香坂真美《こうさかまみ》ちゃんだよ」

光弘さんの鋭い質問に、私は微笑みを浮かべながらさらりと答えた。

警戒心が強くなっている光弘さんがこうやって詮索してくることは、とっくに想定済みだった。香坂真美という大学時代の友人は実際に長野の出身だから、嘘を見破られる心配はない。

「ああ、咲奈の口から名前だけ聞いたことがあるな」

光弘さんは苦々しい顔で呟くと、唐突に立ち上がった。ガタンという椅子の音に驚き、私は刻み終わったキャベツをまな板ごと落としそうになる。

「……どうした？」

「う、ううん、別に。……光弘さんこそ、いきなり何？」

「咲奈が食事の準備をしてるのに、俺が座ってるのも落ちつかなくてさ。箸や皿でも出そうかと」

「大丈夫だよ、私がやるから。体調が悪いんでしょう」

「でもまあ、麦茶くらいは俺が」

いそいそと冷蔵庫に近づいて、食器棚から出したグラスに麦茶を注ぎ始める。私は光弘さんに背後を取られないよう注意を払いながら、お皿に盛りつけた料理を食卓へと運んだ。

豚の生姜焼きと、キャベツの千切り。

さつまいもの甘露煮。

セリのおひたし。

ヨモギ団子の和風スープ。

腕によりをかけて作った夕食。創意工夫を凝《こ》らした、栄養満点の献立だ。

ああ、あまりに素晴らしすぎて、このまま食べさせるのがもったいない。いっそのこと、『殺し屋咲奈ちゃんの三分クッキング！』などと題して、夫への殺意を抱いている全国の奥様方にレシピ本を売り込みたい。『警察にバレない食材の調達方法』『季節に合わせたおすすめの毒物』といったコラムも載せれば、なかなか充実した一冊に仕上がるのではないだろうか。

心の中で自画自賛しながら、私は足取り軽く自分の席へと移動し、椅子に座った。麦茶のグラスを光弘さんから受け取り、「ありがとう」とにっこり微笑む。料理の皿を運びつつも、光弘さんからは一瞬たりとも目を離さなかったから、麦茶に変なものを入れられた心配はない。

「それでは、いただきます～」

「……いただきます」

対照的なトーンの声で食事前の挨拶をすると、私はさっそく豚の生姜焼きへと箸を伸ばした。

「うーん、やっぱり生姜焼きは美味しいなぁ」

顔をくしゃくしゃにして笑い、今度はさつまいもの甘露煮を一切れ食べる。これも、甘くてほくほく。会心の出来だ。

光弘さんは、箸を右手に持った体勢のまま、料理をじっと見つめていた。固まっている彼を、私はそっと覗き込む。

「みーつひーろさん」

「……なんだ？」

「食べないの？　大好きな生姜焼き、冷めちゃうよ」

「いや、うん。全部美味しそうだから、どれから食べ始めていいか、迷っちゃってさ」

「えー、嬉しい。作ってよかった」

「だから、咲奈は気にせず食べて」

お言葉に甘えて、私は次の料理へと箸をつけた。セリのおひたし。これもシャキシャキと歯ごたえがよく、初めて作ったにしては味も悪くない。

「スープも、温かいうちのほうが美味しいかも」

そう助言しながら、今度はヨモギ団子の和風スープが入ったお椀《わん》を持ち上げた。汁を飲み、手作りのヨモギ団子をパクリと口に入れる。ほのかな苦みともちもち感の組みあわせがたまらず、思わず団子を三個連続で食べてしまった。

もりもりご飯を食べている私を前にいたたまれなくなったのか、ようやく光弘さんの左手が、スープの入ったお椀へと伸びる。

よし、いけいけ。

一生懸命、私は心の中で光弘さんの左手を応援した。

しかし、光弘さんは顔に不安の色を浮かべ、再び手を引っ込めてしまった。落胆が顔に出ないように気をつけながら、私はまたセリのおひたしを口に運ぶ。

「光弘さんったら、仕方ないなぁ。そんなに体調が悪いなら、食べさせてあげようか」

「え？」

「はい、あーん」

私はテーブルに身を乗りだし、光弘さんのお皿に載っている豚の生姜焼きを一枚箸でつまんだ。それを光弘さんの口元へと近づけていくと、目にも留まらぬ速さで光弘さんが後ずさる。

大きな音がした。椅子ごと床にひっくり返ってしまった光弘さんを、私は驚いて見つめる。

「……光弘さん？」

「ご、ごめん、ちょっとトイレ！」

光弘さんは床に手をついて立ち上がると、バタバタと足音を立てながら廊下へと消えていった。取り残された私は、溜め息をつきながら手元に残った豚の生姜焼きを見やった。

種も仕掛けもまったくない、ただの美味しいお肉なのに、なぁ。

なんの罪もない生姜焼きを前後にひらひらさせてから、そっと光弘さんのお皿に戻した。

五分ほど経って、ようやく光弘さんが戻ってきた。洗面所で顔でも洗ったのか、短い前髪の先が濡れている。

光弘さんの顔は心なしか青ざめていた。さすがに、食べさせようとしたのは強引すぎただろうか。

「大丈夫？　本当に調子悪そうだね」

「うん、まあ」

「無理はしなくていいけど、少しは食べたほうが――」

「それよりさ、トイレが逆流してるみたいなんだ」

「えっ？」

「ほら、前も一回だけあっただろ。便器の奥でトイレットペーパーが詰まって、水があふれちゃったこと。入ろうとしたら、トイレマットがびっしょり濡れててさ」

「ええっ、じゃあ洗濯しなくちゃ」

「で、新しいマットを敷こうと思ったんだけど、替えがどこにあるかわからなくて。申し訳ないけど、ちょっと見てきてくれないか」

「うん、わかった」

私は慌てて廊下に出て、トイレへと向かった。惨状を覚悟してドアを開けると、トイレ自体には一見なんの異常もなかった。今は水位も落ちついている。紙の詰まりと逆流は、一時的なものだったのかもしれない。

しかし、床に敷いたマットに手を触れると、すっかり濡れてしまっていた。

「もう、こんなときに」

私は深く溜め息をついて、マットを洗面所に運び、洗濯機にかけた。そしてトイレへと戻り、濡れた床の掃除を始める。

あれ、と気づいたのはこのときだった。

床は水浸しなのに――便器の外側には、濡れた様子がまったくない。

光弘さんの言うとおり、トイレが逆流したのだとすれば、内側からあふれた水は便器の外側を伝って床へと流れるはずだ。それなのに、便器が全体的に乾いている。もし光弘さんが部分的に拭いてくれたのだとしても、さすがに雑巾の跡は残るだろう。

床にぶちまけられた水は、便器の中から出てきたものではない――。

騙された！

私は慌てて新しいマットを敷き、リビングに駆け戻った。

キッチンで手を洗いながら食卓の上を盗み見る。私を騙した光弘さんは、平然とさつまいもの甘露煮を口に運んでいた。

私がいなかった間に、何をしたのだろう。

「マット、替えておいたよ」

「ありがとう。食事中にごめんな」

うっすらと口元に笑みを浮かべている。余裕を取り戻した顔で、光弘さんは豚の生姜焼きへと箸を伸ばしていた。

もしかして。

自分の席へと戻り、自分の皿をじっと観察する。すると、いくつかおかしな点に気がついた。豚の生姜焼きが、一回取ってから戻されたかのように、一枚だけ皿の端っこに置かれている。そして、はっきりとは覚えていないけれど、さつまいもの甘露煮がさっきより一つ増えているような気がする。

取り換えられた。

私は焦りながら、セリのおひたしが入った小鉢とヨモギ団子スープのお椀へと目をやった。幸い、こちらには変化がないようだ。光弘さんがトイレから戻ってきた時点で私がほとんど食べてしまっていたから、一口も手をつけていない自分の皿と取り換えることができなかったのだろう。ご飯茶碗も同様だった。

ふう、と一息つき、私は再び箸を手に取った。

さっきまで私の前に置かれていた皿を前に、光弘さんは黙々と豚の生姜焼きやキャベツの千切りを食べている。彼の視線を感じながら、私は素知らぬふりをして、目の前の皿から豚の生姜焼きを一枚取った。

パクリ、と口に入れる。

テーブルの向かい側で、光弘さんが勝ち誇ったような笑みを浮かべた。

私はご飯茶碗を左手に持ち、これまでどおりに食事を続けた。取り換えられた豚の生姜焼きもキャベツの千切りも、さつまいもの甘露煮も、すべて残さず口に入れる。

時間が経っても、何も起こらない。その様子を、光弘さんは呆気に取られた顔で見つめていた。

「光弘さん、どうしてさっきからおかずばかり食べてるの？」

光弘さんは、白米に一切手をつけていない。何気ない風を装って尋ねると、光弘さんのこめかみがぴくりと動いた。

「……この間、咲奈に体型のことを指摘されたからさ。炭水化物抜きダイエットでもしたほうがいいかな、と」

「えー、そうなの？　なら、お茶碗によそう前に教えてほしかったなぁ」

「そうだよな……まあ、せっかく盛りつけてもらったし、今日は食べるか」

覚悟したように頷いて、光弘さんはご飯茶碗を手に取った。取り換えたおかずを食べた私になんの異変もないのを見て、ようやく安心したらしい。

こちらの勝ちだ、と今度は私がほくそ笑んだ。

豚の生姜焼きにも、キャベツの千切りにも、私が大好きなさつまいもの甘露煮にも、もともとなんの細工もしていない。

残念ながら、たった今光弘さんが食べ始めた白米も無害だ。だけど、このままいくと、お人好《ひとよ》しの光弘さんは、今日の夕飯を完食してくれるに違いない。

いけいけ、その調子。

いつものように、光弘さんは白米とおかずを交互に口に運び始めた。みるみるうちに、豚の生姜焼きが載っていた平皿とご飯茶碗が空になっていく。

たびたび、光弘さんはセリのおひたしの小鉢やヨモギ団子の和風スープのお椀を手に取ろうとするしぐさを見せた。しかし、あと少しというところで、急に進行方向を変えて、キャベツの千切りやさつまいもの甘露煮に浮気してしまう。

じれったくなって、私は思わず光弘さんに話しかけた。

「おひたし、どう？　セリってあんまり調理したことなかったから、お口に合うか不安だったんだけど」

「ああ、いいんじゃないか。美味しいと思うよ」

嘘つき。まだ、一口も食べていないくせに。

「ヨモギ団子も、包丁でよーく刻んで一つ一つ手でこねて作ったんだよ。どうかな」

「なつかしい味だよな。手作りって言われると豪華な気分になるよ」

嘘つき。お椀に、口をつけてもいないくせに。

光弘さんに気づかれないように、私は小さく溜め息をついた。

もしかすると——山菜、というワードを出したのがまずかったかもしれない。

山菜の誤食による死亡事故というのは、毎年ニュースになる。よく考えてみれば、私が今回の計画を思いついたきっかけもこれだった。光弘さんも、山菜という言葉を聞いて、誤食事故のことを意識してしまったのではないか。

日本各地に自生していて、園芸店でも普通に売られている、人を死に至らしめるほどの猛毒を持つ植物。

トリカブト。

その存在は知っていた。昔、有名な殺人事件で使われたと聞いたからだ。自分のスマートフォンやパソコンに履歴が残るのはまずいので、今日の昼間にわざわざ明石くんのパソコンを借りて調べた。そして、ある知識を得た。

トリカブトと若芽や若葉の形状が似ている植物には、セリやニリンソウ、ゲンノショウコ、ヨモギなどがある。

仕事は朝だけで終わりにして、急いで園芸店や大型スーパーに走った。トリカブトの観賞用鉢植え。この時期でも出回っている大分産のセリと、乾燥ヨモギ。お目当てのものをようやく買い揃えて帰宅し、光弘さんの分にだけ混入させる「トリカブトのおひたし」と「トリカブト団子」を作り終えたときには、すでに十八時を回っていた。

我ながら完璧な計画だった。警察には「夫がどこかから摘んできた山菜を使った」とでも話すつもりだから、十中八九事故死として扱われる。もし殺人を疑われた場合も、決定的な証拠はない。今日の買い物には帽子やマスクで入念に変装して行ったし、レシートは細かくちぎって道端の排水溝に流してきた。

ただ――肝心の実行段階が、上手くいかない。

光弘さんは、いつまで経っても山菜入りの料理に手をつけようとしなかった。

丸々残っているセリのおひたしとヨモギ団子の和風スープを、私は悲しい目をしてじっと見つめた。

「……光弘さん。無理しなくてもいいよ」

「え？」

「山菜、嫌いだったんでしょ。無理して美味しいって言ってくれてたんだよね」

光弘さんが山菜を一口も食べていないことには気づいていないふりをする。光弘さんは驚いた顔をして、「うん、実は……そうなんだよ」と気まずそうに言った。

「せっかく、真美ちゃんから分けてもらったのになぁ」

「ごめんよ。機嫌を損ねないでくれ。本当は頑張って食べようと思ったんだけど」

口では謝りながらも、光弘さんがほっとしたような表情を浮かべる。私は柔和な笑顔を作り、「ううん、全然」と首を左右に振った。

「光弘さんが残した山菜は私が明日のお昼に食べるね。ええっと、じゃあ、今ある食材だと――そうだ、ぱぱっと麻婆茄子《マーボーなす》でも作るから、待っててね」

「え、今から？　それは悪いよ」

「だって、それだけじゃ足りないでしょう。私は大丈夫だから、光弘さんは座っていてください～」

私はにこやかに立ち上がり、冷蔵庫から新しい茄子の袋を取りだした。口をハサミで切って開け、さっと洗ってまな板の上で切り始める。

予想どおり、光弘さんはわざわざ席から立ち上がって、私の手元を注視し始めた。調理の過程で私が毒物を紛れ込ませないかどうか、見張っているつもりなのだろう。

「どうして立ってるの？」

「いや、ずっと座ってると、腰がね。昨日階段から落ちたとき、ちょっと痛めたかな」

うん。その件に関しては、私は黙るしかない。

光弘さんによる厳重な監視のもと、私は麻婆茄子を手際よく調理した。六つ割りにした茄子に片栗粉《かたくりこ》をまぶし、少なめの油でさっと茄子を揚げる。余分な油をキッチンペーパーで吸ってから、鍋《なべ》に長ネギ、生姜、ニンニクのみじん切りを入れ、香りが立ったら豚ひき肉を加えて炒める。甜麵醬《テンメンジャン》と豆板醬《トウバンジャン》をはじめとした調味料を投入し、揚げた茄子をもう一度加えてから、水溶き片栗粉とごま油で仕上げていく。

ほかほかと湯気を立てている麻婆茄子を、私は食器棚から取りだした茶色の深皿に流し込んだ。

「おお、美味しそう」

私が不審な動きを見せなかったことで一安心したのか、光弘さんが久しぶりに無邪気な声を上げる。

「でしょう。熱いうちにどうぞお召し上がりください〜」

私は麻婆茄子の入った深皿を食卓へと運び、光弘さんの席の前に置いた。スプーンを手渡すと、光弘さんは嬉しそうな顔をして椅子に腰かけた。

とろみのついた麻婆茄子に、スプーンを近づける。しかし、今回も直前で迷う素振りを見せた。

「もう。食べないんだったら、最初の一口、私がもらっちゃうよ」

光弘さんの真横に立っていた私は、意図的に口を尖らせた。ぱっとスプーンを取り上げ、とろみのついたあんの表面をすくう。

パクリ。

「ふふ、熱い熱い」

口元を押さえて笑いながらスプーンを返すと、光弘さんはようやく安堵の色を浮かべた。「いただきます」と自信ありげな口調で言い、麻婆茄子を食べ始める。

よし！

今度こそ、私は勝利を確信した。

光弘さんは、まだ気づいていないだろう。食べ始めは大丈夫なはずだ。毒は次第に、光弘さんの身体を蝕んでいく。

トリカブトは、葉にも花にも、そして根にも毒がある。光弘さんの分のセリのおひたしやヨモギ団子に混入させたのは、緑色の葉だけだ。

根を切り刻み、少量の水を加えてミキサーにかけた。できあがったのは、不気味なペースト状の液体だった。

私は、それを――。

「やっぱり咲奈は料理が上手いな」

満足そうに麻婆茄子を食べている光弘さんを見下ろしながら、私はこっそり冷笑した。

＊

これほど緊迫感のある食事はいつ以来だろうか。昔、敵対していた組との手打ちに同席させられたときか、あるいはそれ以上だ。

今夜、俺は毒を混入されることを恐れていた。俺が恐れていることに咲奈が気づいていることにも気づいた。

咲奈と自分の皿を取り換える妙案を実行し、してやったりと思った。ところが、咲奈はすべてを食べて平然としている。細工に気づかれたのだと気づいた。気づきのラリーが激しすぎてなんだかよくわからなくなる。だいたい食事を作ったのが咲奈である以上、形勢不利は覆《くつがえ》せない。

考えすぎて気分が悪くなりつつ、本命と踏んだ二品を残した。セリのおひたしとヨモギ団子の和風スープ。このどちらか、あるいは両方になんらかの毒物が入っていると予測した。本物のセリとヨモギとは思えない。

ポケットに手を入れる。ここは最終手段を使わなくてはいけないかとスマホに触れる。

「せっかく、真美ちゃんから分けてもらったのになぁ」

すると、残念そうに咲奈が言った。俺は謝罪の言葉を口にする。

「本当は頑張って食べようと思ったんだけど」

困った笑みを浮かべて言う。頑張って食べて死にたくない。

咲奈があくまで妻の仮面をかぶったままでいるなら、無理強《むりじ》いはしてこないはずだ。実際二品は下げられた。ところが咲奈は麻婆茄子を作る、と予想の斜め上のことを言いだす。

「え、今から？　それは悪いよ」

まだ隠し球があるのかと焦る。

「だって、それだけじゃ足りないでしょう。私は大丈夫だから、光弘さんは座っていてください～」

夫殺しのクッキングはそんなに楽しいのか、おい！　卑劣な女め！　と毒を盛られる前に毒づきたくなる感情をこらえる。

不自然は承知で調理の工程を観察した。茄子、長ネギ、生姜……。咲奈がおかしなものを混入する素振りは一切なかった。

中華料理に咲奈がよく使う薄茶色の深皿に麻婆茄子が盛られる。あっという間の調理だった。ごま油と香辛料のいい香りがする。

「おお、美味しそう」

無意識に声にしてしまった。

「でしょう。熱いうちにどうぞお召し上がりください～」

得意げに咲奈がテーブルに深皿を運ぶ。どの角度から観察しても麻婆茄子は麻婆茄子だ。タネを見抜けない手品を前にした心持ちで、背中に汗が滲《にじ》み始める。

「もう。食べないんだったら、最初の一口、私がもらっちゃうよ」

咲奈が俺のスプーンを取り、あんの表面をすくう。ためらうことなく食べる。

「ふふ、熱い熱い」

はふはふと食べる咲奈を見て、静かに息を吐いた。おそらく俺の警戒心に気づいて、殺害計画を断念したに違いない。

いや、今夜、食事に毒を混入すると思い込んだのが間違いだったか。階段が失敗したばかりだから、ほとぼりを冷ましてから仕掛けてくる可能性も十分ある。

とにかく麻婆茄子は安全だ。

「いただきます」

スプーンで一口分を取り、口に入れる。表面のあんだけだったが美味《うま》い。

「やっぱり咲奈は料理が上手いな」

サービスでそう言ってやると、咲奈が顔をほころばせた。殺意を持っていても褒められると嬉しいものなのかと半ば呆れる。まぁ他人のことは言えないか。

咲奈がテーブルの他の皿を持ってキッチンに向かった。ふだんなら俺が食べ終わるのを待って片づけるのに珍しいな、と二口目を食べながら反射的に目で追った。目線が洗い場の水切りカゴを捉《とら》える。ミキサーのカップがあった。本体も脇に出してある。

使用頻度の少ないミキサーが洗ったばかりであることがひっかかった。いつからあった？

咲奈はふだん使いの調理器具さえ、使ったその日中に洗って乾かし、棚にしまう。ミキサーは今日使用されたばかりということだ。今夜の献立を振り返る。生姜焼き、さつまいもの甘露煮。怪しいセリのおひたし、怪しいヨモギ団子のスープ。ミキサーを使うならヨモギ団子だが、さっき「包丁でよーく刻んだ」と言っていた。

じゃあミキサーを何に使った？

口に運んでいたスプーンを止めた。驚愕して麻婆茄子を見つめる。正確には麻婆茄子のよそってある深皿を。

迷う暇はなかった。ポケットに忍ばせたスマホを、テーブルの下で操作する。キーのタップは最短最速で済ませて、スマホをテーブルに置いた。

スプーンで麻婆茄子をかき分ける。息を呑んだ。皿の底に目を凝らさなければわからない程度に、謎のペーストが塗られている。深皿の色とよく似た茶褐色。素人の咲奈でも手に入れやすい毒。有毒な野草だろうか。ドクゼリやトリカブト、キノコ類かもしれない。具の表面だけを食べても問題ないが、完食したら毒に中《あ》たるという仕組みだろう。

洗い物をする咲奈はこちらを見ようとしていない。スプーンを口に運ぶ素振りをして数秒を稼ぐ。すると、スマートフォンが震え始める。着信相手は梶谷社長だ。

「もしもし？　お疲れ様です」

『えー？　えーと、藤堂さん？　説明してよ』

「はい」

『言われたとおりに電話したけど、これ何？　俺も暇じゃないんだよ。嘘、暇だけど……』

梶谷の言葉を完全に無視して、俺は深刻な声音を作る。

「えっ。夏風邪ですか。はい、もちろんです。はい。熱は？」

電話を始めた俺に咲奈が目を向ける。

『……えっとね、あるある。四十度四十度』

梶谷が芝居に合わせてくるが、四十度は高すぎる。

「三十八度五分ですか。食欲は？」

洗い物をする咲奈が何事かという表情になっている。俺は一度スマホを離し、咲奈に話しかける。

「うちの社長から。発熱で明日休むかもしれないからって、引き継ぎの電話」

「そうなんだ。社長さんが」

微妙に上ずった声だ。俺はすぐ電話に戻る。

『何、俺明日休んでいいの？』

社長は早くも芝居を放棄してきたが、影響はない。社長思いの社員を演じる。

「社長、とにかく食べられるなら何か食べてください。……私ですか？　今ちょうど麻婆茄子を食べています。妻の手作りの」

電話をする手で右手を隠す。空のスプーンがキッチンから見えないように口に入れる。

「咲奈の手作り麻婆茄子は絶品です。そこらへんの中華料理屋には負けません」

『えー、俺も食いてぇな』

ハイペースにスプーンを口に持っていく。洗い場から水の音が止まる。咲奈が手を拭って険しい表情をしている。俺はスプーンを手に笑いかけてみせた。

「もちろん他のどの料理も美味しいんですけど。甘露煮も生姜焼きも。私も体調悪かったんですが、回復しましたよ。妻の手料理の効果で！」

『藤堂さん、まじでこれなんの時間？』

「インスタントのおかゆがあるんですか。今すぐ作って食べてください、社長。社長がちゃんと食べ終えるまで電話つきあいますよ。麻婆茄子食べながら」

スプーンで麻婆茄子の深皿をかちりと鳴らす。

「光弘さん」

咲奈がテーブルに寄ってくる。

「電話しながら食べるのは……」

俺は「あっ」と言って立ち上がった。

「ごめん、行儀が悪かった。麻婆茄子はこのへんでごちそうさまにするよ」

そう言って深皿を咲奈に押しやる。

『藤堂さーん？』

「もしもし社長？　あー、風邪薬だけ飲むのはよくないです。きちんと食べて……」

話をしながらテーブルを離れ、階段を上る。

寝室に入ってから声のトーンを素に戻す。

「つきあわせてすみません、社長」

『いやよくわかんないけどどうしてくれんの。麻婆茄子食べたい腹になっちゃったよ』

「今度奢ります。では」

スマホを切って、大きく息を吐く。

夕飯の始まる前、ガジュマルの世話をしながら社長にコンタクトを取っておいて正解だった。一時間以内に俺がメッセージを送ったら電話で折り返してください、と頼んだのだ。咲奈の料理からどうしても逃げられない場合の備えだった。

第三者に電話で「咲奈の手料理を食べている」と伝えたさなかに毒を盛られれば。第三者は咲奈に不利となる証言をするかもしれない。それ以前に、第三者に電話中継されながらの夫殺しは心理的に耐えがたいはずだ。

だから咲奈は食事か電話をやめさせようとする。自然に食事を回避できると踏んだのだ。もっとも咲奈の度胸次第では電話中でも殺りきってくる可能性はあった。こちらの胆力も試される賭《か》けだった。

「安心してはいられないな」

反撃する番だ。

しばらく間を置いてから、先に風呂に入るよ、と言って洗面所に向かう。リビングのソファで本を読んでいた咲奈は「どうぞ」とにこやかに答えた。

脱衣所で、今日マイニチドラッグで購入した品物を用意する。塩素系のカビ取り剤だ。本来は水回りのパイプ汚れを掃除するのに使う。ボトルには『まぜるな危険』の太文字。酸性の製品と一緒に使わないでください、と警告されている。

もう一つは酸性の風呂用洗剤。こちらも塩素系と混ぜて使うことは厳禁と書かれている。

たとえば塩素系のカビ取り剤と酸性の洗剤を混ぜると、次亜塩素酸ナトリウムと強酸が反応して塩素ガスが発生する。

塩素ガスは吸入すると、目や喉の焼けるような痛みに始まり、呼吸不全、肺水腫《はいすいしゅ》をもたらし、死に至る。

昔から浴室やプールでの事故がニュースにもなっているため、『まぜるな危険』は有名だ。俺は塩素ガスで咲奈を仕留めるつもりでいる。

手早く入浴を済ませ、カビ取り剤を開封した。

液体を風呂の排水口にたっぷりと流し入れる。続いて床を縁どるように垂らしていく。

塩素系のカビ取り剤を大量に撒いたので異臭がする。ごまかすようにラベンダーの入浴剤を風呂に入れる。

「よし」

汚れた手でシャワーを手に取る。

髪の毛をバスタオルでゆったり拭いながら、足を忍ばせてリビングに戻る。ソファで咲奈を後ろから覗き込む。

「推理小説?」

バチン、と音を立てて咲奈は本を閉じた。ゆっくりとこちらを振り返る。

「上がったの?」

「上がったよ。驚かせた?」

ちょっとね、と本を裏返している。

「何を読んでるのかなって気になっちゃって。珍しいじゃないか」

腕を伸ばして本をすいっと取り上げる。海外のミステリーだ。あらすじを読む。幸福に見えた資産家の家で夫が事故死する。愛人を作っていた妻が疑われるが、状況的に妻には犯行が不可能で……という話らしい。既視感のある設定に本を破りたくなるが、

「面白そうだね」と言って微笑む。

ページをぱらぱらめくる。

「密室殺人はなかなか難しいだろうな、現実には」

「実際には、小説みたいな密室殺人事件なんて聞いたことないしね」

「どうだろう。上手くやってるからバレてないのかも」

真顔でそう言って本を返すと、咲奈は曖昧な笑みで受け取った。

「面白いなら後で読んでみようかな」

「ぜひ。あ、じゃあ私もお風呂入っちゃおうかな」

腰を浮かす咲奈の肩にそっと手を置く。

「咲奈、お風呂のドアの下の部分、黒ずみがあってさ」

「ああ、パッキンの下？　あそこはどうしても汚れがちで」

「うん。咲奈いつも掃除大変そうでしょ。だから今日、強めの洗剤を買ってきて、掃除してやろうかと思ってさ」

「洗剤？」

俺は肩をすくめ、情けない溜め息をつく。

「で、脱衣所に用意しておいたのにすっかり忘れちゃって。もしよかったら今夜試してみてよ。シュッとかけるだけですごーく落ちるみたいだから」

スプレーするモーションをして言う。

「……わかった。気遣ってくれてありがとう、光弘さん」

「全然だよ」

俺はバスタオルを首にかけ直して踵を返す。

「光弘さん」

「ん？」

「私がお風呂に入っている間に寝ていていいからね。疲れているでしょう？」

沈黙の波がゆっくり部屋を旋回した。

寝首を掻く、という言葉がこうもふさわしいタイミング、場所……夫婦があるだろうか。

「うん。そうするよ」


そうはしなかった。咲奈が脱衣所に消えてから、ベランダに出た。窓は開けたまま手すりに凭《もた》れて佇む。

推理小説で夫殺人のヒント収集をしているとは、いかにも咲奈らしい。驚いた様子に思わず噴きだしそうにもなった。奇想天外なトリックは不要だ。現実的で確実性の高いやり方を俺は選ぶ。

きっと浴室に入ってすぐに咲奈はラベンダーの入浴剤に混ざったカビ取り剤の臭いに気づくだろう。

そして、使ってみて、と言われた強力な洗剤が酸性であることでピンとくる。

塩素ガスの罠で殺す気だ、と。

床にはすでに塩素系の液体が撒かれていることを看破する。上から酸性のスプレーをさせてガスを発生させるつもりだろうと察する。まったく、ラベンダーの匂いやわざとらしい芝居で私を騙せると思うなんて、光弘さんはちょろい。

罠を見抜き、手っ取り早く罠を排除しようとするはずだ。

「そして、」

俺はバスタオルの下に隠し持っていた袋を握りしめる。粉末のクエン酸だ。

「賢い咲奈は死ぬ」

＊

第二の矢を放った毒殺計画。成功したとすっかり思い込んでいた、のに。

「社長、とにかく食べられるなら何か食べてください。……私ですか？　今ちょうど麻婆茄子を食べています。妻の手作りの」

会社の人と電話を始めた光弘さんの声を聞き、私はハッと息を呑んで洗い物をやめた。

「咲奈の手作り麻婆茄子は絶品です。そこらへんの中華料理屋には負けません」

思わず顔をしかめ、光弘さんを凝視する。余裕のある表情で微笑みかけられ、私は慌てて目を逸らした。

予定外のことが起きた。トリカブトが紛れ込んだ山菜料理を食べて死んだことにする計画なのに、光弘さんは関係ない料理の話ばかり第三者にしている。

死ぬ直前まで光弘さんが食べていたのが麻婆茄子だと、もし警察に知られたら——。

「もちろん他のどの料理も美味しいんですけど。甘露煮も生姜焼きも——」

当の光弘さんは、私の焦りをよそに、麻婆茄子をパクパクと口に運び続けている。

まずい展開だ。このまま話が長引けば、光弘さんは会社の人と電話をしながら死んでしまうではないか。

「——社長がちゃんと食べ終えるまで電話つきあいますよ。麻婆茄子食べながら」

ええい、麻婆茄子、麻婆茄子って、どれだけ強調すれば気が済むんだ！

「光弘さん」

とうとうこらえきれなくなって、私は光弘さんに話しかけた。

「電話しながら食べるのは……」

「あっ、ごめん、行儀が悪かった。麻婆茄子はこのへんでごちそうさまにするよ」

光弘さんは深皿を押しやり、電話をしながら二階へと上がっていった。その足音を聞きながら、私はギリギリと歯嚙みする。

悔しい。悔しい。

本当に、悔しい。

麻婆茄子が残った深皿を乱暴に手に取り、生ゴミ用の三角コーナーに勢いよく流し込む。トリカブトペーストを木べらでこそぎ取ってから、深皿を流しに投げだした。

しばらくの間、私は肩で息をしながらキッチンに突っ立っていた。

光弘さんがお風呂に入っている間、私は計画失敗の怒りをぶつけるかのように小説を読みふけった。

ヒントにしようと、大きな本屋に立ち寄って探したのだ。今の私の参考になりそうなトリックを使っている、出来のいい本格推理小説を。

だけど、本のとおりに実行に移すのは、とてもじゃないけれど難しそうだった。溶けてなくなる氷のナイフも、糸を使って鍵をかけることで密室だったと見せかける仕掛けも、現実にはなかなか上手く作れそうにない。

推理小説なんて、結局フィクションにすぎないのかな。この作家だって、本気で人を殺したいと思ったことはないだろうし。

たぶん、殺意に対する理解度でいったら、私のほうが絶対に上だ。

そんな他愛もないことを考えていたら、不意に本のページに黒い影が落ちた。

「推理小説?」

全身に鳥肌が立った。思いきり本を閉じる。振り返ると、唇の片端を持ち上げて不気味に笑っている光弘さんがいた。

今、絶対に足音をひそめて戻ってきたよね？

光弘さんの性格の悪さを呪《のろ》いたくなる。

「面白いからって貸してもらったの」

「瑞希さんに？」

「……うん」

白々しい会話になってしまった。あからさますぎる本のあらすじを光弘さんにじっくりと読まれ、私の背中には冷や汗が伝う。

「あ、じゃあ私もお風呂入っちゃおうかな」

光弘さんの冷たい笑顔から逃れたくて、ソファから立ち上がろうとした。その動きを牽《けん》制《せい》するかのように、光弘さんが私の肩に手を置く。

ひっ、と声を上げそうになった。ソファに座ったまま身を凍らせた私に、光弘さんはどことなく楽しげな声で語りかける。

「咲奈、お風呂のドアの下の部分、黒ずみがあってさ」

「ああ、パッキンの下？　あそこはどうしても汚れがちで」

「うん。咲奈いつも掃除大変そうでしょ。だから今日、強めの洗剤を買ってきて、掃除してやろうかと思ってさ」

「洗剤？」

「で、脱衣所に用意しておいたのにすっかり忘れちゃって。もしよかったら今夜試してみてよ。シュッとかけるだけですごーく落ちるみたいだから」

罠だ。

絶対に罠だ。

私の頭の中で、赤色灯が回転し始める。ついでにサイレンも鳴り始める。

「……わかった。気遣ってくれてありがとう、光弘さん」

私がお風呂に入っている間に寝ていていいからね、とさりげなく伝え、私は脱衣所へと向かった。

耳元の血管がドクドクと波打っている。

大丈夫。大丈夫。あまりにもわかりやすすぎる罠だ。注意深く観察すれば、絶対に回避できる。

脱衣所に入り、後ろ手で扉を閉める。風呂場の扉はぴったりと閉じられていて、その手前には新しい風呂用洗剤が置いてあった。使ってみてね、という具合にバスマットの上に鎮座《ちんざ》しているそれを、私はじっと見つめた。

腰をかがめてボトルを取り上げ、表示を確認する。黄色と赤の大きな文字で『酸性タイプ』『まぜるな危険』と書いてあるのが目についた。

洗剤を棚に置き、お風呂掃除用のスリッパを履いた。そして慎重にお風呂場の扉を開く。

その瞬間、強烈な臭いが鼻をついた。

消毒されたプールのような臭い。いや、それよりも何倍もきつい異臭がする。そして、その間にほのかに香る、ラベンダーの入浴剤の匂い。

「まさか」

ただちに扉を閉めて脱衣所へと引き返し、洗い場に撒かれた薬剤の容器を探す。問題のボトルは、ラベルを剝がしもせずにゴミ箱に突っ込まれていた。

水回りの掃除に使うカビ取り剤だ。ボトルを手に取るまでもなく、『塩素系』『まぜるな危険』の太文字が目に留まる。

嘘でしょ、と拍子抜けした。

こんな簡単な仕掛けで、私を騙そうとするなんて。

排水口やお風呂場の掃除に慣れている専業主婦を舐めないでほしい。——いや、今は会社経営も手がける兼業主婦だけれど。

ラベンダーの入浴剤を使った形跡があるのも小憎らしかった。そんな小細工で、ボトルが空になるほど撒いたカビ取り剤の臭いや、発生する有毒ガスの臭いをごまかせるわけないのに。

「まったくもう」

もう一度扉を開け、塩素の嫌な臭いが充満しているお風呂場へと入る。床に撒かれたカビ取り剤を洗い流してしまおうと、私はシャワーヘッドを右手に持って蛇口ハンドルを捻った。

ん？

水の出が悪い。左手で噴きだし口を叩くと、水がさっと飛びだして手にかかった。でも、いつもより水勢が弱い気がする。シャワーヘッドの目詰まりかな、と考えた。そういえば、お風呂場の蛇口回りも少し汚くなっている。

明日にでも、まとめて掃除しようかな。

殺すか殺されるかというときに、そんな呑気なことを考える。シャワーヘッドとホースの繋ぎ目のアダプターがいつの間にか水垢で汚れているのを見て、溜め息をつきながら左手でこすった。

濡れた指で拭ったたって、しつこい水垢が簡単に取れるわけがない。

水垢掃除をするときは、キッチンペーパーにクエン酸水を含ませて、それで──。

あれ？

その瞬間、得体の知れない恐怖がぞわりと背中を駆け上った。

急いで蛇口ハンドルを元の位置に戻し、水を止める。そして、シャワーヘッドを私はまじまじと見つめた。

正確には、シャワーヘッドとホースを繋ぐ金属製のアダプターを。

水垢が、取れていた。

先ほど濡れた左手で強くこすったところが、ピカピカの銀色になっている――ような気がする。

思考が停止して、その場に立ち尽くす。何が起きたのか理解するまでに、しばらく時間がかかった。

お風呂場の隅にあった洗面器を慌てて引き寄せ、シャワーから出したお湯を張る。それから、脱衣所から雑巾を持ってきて、そっとお湯に浸した。

軽く絞った雑巾で、汚れていた蛇口をこすってみる。

みるみるうちに、金属部分の曇りが取れ、新品のように光り輝き始めた。浴室の鏡も試しに拭いてみると、同じようにピカピカになる。私はようやく、自分の直感が正しかったことを確信した。

クエン酸だ。

シャワーヘッドかホースの中に、酸性のクエン酸が仕込まれている。

私が山菜料理と麻婆茄子の二段構えで毒殺計画に臨んだように、光弘さんも二重の殺害計画を用意していたのだ。

このまま気づかずに塩素系のカビ取り剤を入念に洗い流し始めていたら、どうなっていたことだろう。

私は震え上がりながら、クエン酸水の入った洗面器を慎重に持ち上げた。お風呂場の外へと持ちだし、洗面所にすべて流す。それから念のため、脱衣所に置いてあるラベンダーの入浴剤の表示を確認した。

どうやら、入浴剤は他の薬剤と混ぜても無害のようだった。光弘さんも、さすがに三重の罠は用意していなかったらしい。

綺麗に洗った洗面器を使って湯船からお湯を汲《く》み、塩素の臭いがする床と排水口を丹念に掃除した。そしてようやく服を脱ぎ、ラベンダーの香りがする湯船のお湯で身体や髪を洗い始める。

塩素系の薬剤がすっかり流れていったころ、シャワーの蛇口ハンドルを捻った。中のクエン酸を洗い流すためにしばらくお湯を出しっぱなしにしてから、お風呂場を後にする。

絶対、許さない。

命の危機に瀕《ひん》したことで、私はもう何度目かわからない決意を固めた。

次こそは、必ず仕留めてやる!

お風呂から出て、足音を立てないように注意しながら二階へと向かった。

そっと寝室のドアを開ける。乾かしたばかりの前髪を、夏の夜の涼しい風が吹き上げた。

光弘さんは、窓を全開にしたままベランダでたそがれていた。おおかた、一時間近くお風呂場から出てこない私が死んだと思い込んで、勝利の喜びに浸っているのだろう。

「あ、まだ寝てなかったんだぁ」

あえて無邪気な口調で声をかけると、光弘さんがものすごい勢いで振り向いた。痛めている部位に響いたのか、「いてて」と片手を腰に当てる。

「先に寝ていてねって言ったのに」

「い、いや……まだ眠くなかったからさ。咲奈のほうこそ、ずいぶんと長風呂だったじゃないか」

「ちょっと疲れが溜まってたから。光弘さんがラベンダーの入浴剤を入れておいてくれたおかげで、リラックスできたよ」

「そうか。……ならよかった」

「ありがとうね」

にこやかに微笑み、ベッドに腰かける。

光弘さんに見られないよう注意しながら、明石くんを含めた本社の幹部にメールを打った。内容は、明日の経営会議で話しあわれる予定の、新規出店について。明石くんにもらった資料をもとに、最も好条件だと思われる候補地を選んで送信した。

会議には出席できないけれど、きっと私の意見が通るだろう。これまでだって、重要な経営判断はすべて私が行ってきたのだ。

それから、瑞希さんにもメッセージを送った。体調が優れないため明日のシフトは休ませてもらいたい、という内容だ。直前でこんな連絡をするのは申し訳ないけれど、致し方なかった。

明日は、きっと朝から警察が来る。

だから私は、この家を動けない。

素晴らしい計画を私に授けてくれたのは、明石くんだった。今朝社長室で雑談していたときに、ちょうど数日前に関西で起きた夫による妻の殺人事件の話題になったのだ。

――この夫、容疑を否認してるみたいだけど、バレバレですよね。家中の鍵が閉まっていて、返り血も浴びていたんだから。僕だったら、きちんと裏工作をしますよ。窓の鍵はわざと開けておいて、他にもいろいろ証拠を残して、外から暴漢が侵入したと見せかけるんです。そうしたら、逮捕されずに済むかもしれない。

これだ、と私は内心跳び上がって喜んだ。毒殺計画が上手くいかなかった場合は、光弘さんの寝込みを襲えばいい。しっかり事前に手を打っておけば、第三者の仕業に見せかけて夫を殺すことができる！

私は今日一日かけて、毒殺計画が上手くいかなかった場合に備え、刺殺計画の準備も着実に進めていた。

まず、第三者が侵入した土足跡を室内につけるため、男性物のサンダルを購入した。今は、適度に土をつけた状態で、一階の廊下のクローゼットに隠してある。

次に、男物の、LLサイズのパーカーを用意した。自分の服の上からこれを着て犯行に及び、そのまま家の近くに捨てるのだ。返り血防止になるし、光弘さんの服はすべてMサイズだから、夫婦と関係のない男が犯人である証拠にもなる。もし私の髪の毛などが付着してしまっても、暴漢に襲われかけて揉みあいになったことにすればいい。

殺害に使用する予定の包丁は、光弘さんがお風呂に入っている間にしっかりと研いでおいた。暴漢が証拠隠滅を図ったと見せかけるため、指紋は入念に拭き取ってある。

そして先ほど、ここに上がってくる前に、リビングの掃き出し窓の鍵をこっそり開けておいた。

計画は完璧だ。決行予定時刻は、光弘さんの就寝からぴったり一時間後。一般的に最も眠りが深いとされているタイミングで襲えば、いくら体格差があるとはいえ、刃物で心臓を一突きすることはできるはずだ。

この間、光弘さんがワイヤーアクションのような身のこなしで階段から落ちてきた姿を思いだすと、少々不安が募るけれど——迷いさえなければ、確実に殺れる。

「光弘さん、どうしたの。そろそろ寝ない？」

わざと、甘えるような声で呼びかけた。罠が不発に終わったお風呂場の様子が気になっているのか、光弘さんは先ほどからひどくそわそわしていた。

「ああ、そうだな。もう遅いしな」

寝室の隅に立ち尽くしていた光弘さんが、観念したようにベッドに腰かける。私もスマートフォンを枕元《まくらもと》に置いて、布団に潜り込んだ。

「おやすみ、光弘さん」

「……うん。おやすみ」

昨夜もほとんど眠れなかったから、ひどく疲れていた。だけど、光弘さんより先に眠るわけにはいかない。今夜寝首を掻かれたら最後、私の莫大《ばくだい》な財産は、この卑劣で邪《よこしま》な夫に渡ってしまうのだ。襲われる前に、とどめを刺さなければならない。

すやすやと寝息を立てるふりをしながら、私は祈る。

光弘さん、早く寝てください。

そして、深い眠りについてください。

——永遠に。

＊

眠りにつけるわけがなかった。

布団の中で何度も体勢を変えつつ、定期的に隣の咲奈を観察すること十五分。咲奈は俺とは反対に顔を向けて寝ている。規則正しい呼吸音はする。眠って、いるのか？

肘で身を起こし、上から覗き込む。途端、咲奈が身を捻った。俺にぴったりと寄り添う体勢になる。窓明かりに浮かぶ妻の目は閉じられ、俺の二の腕に頰を摺《す》り寄せている。可愛い……いや、いかにも怪しい。

くそっ、と吐き捨てたい気持ちをこらえ、枕に顔を埋《うず》めた。

また失敗した。シャワーに仕掛けたクエン酸は咲奈に看破されたのだ。なぜバレたのか、風呂場に行って確かめたいほどだった。よほど俺の計画は杜撰《ずさん》か。計画殺人の才能がないのだろうか。

敗北は重ねるほど精神的な痛みを蓄積していく。

失敗したということはまた、次の主導権を咲奈に与えてしまったということでもある。今夜、俺に次の計画はない。でも咲奈は……。

——私がお風呂に入っている間に寝ていていいからね。

あの言葉の響きで直感している。毒殺の他にもカードを用意しているはずだ、と。俺が眠るのを待っているに違いない。できないことはないが、寝不足にさせて明け方に襲ってくる策略かもしれない。

待てよ。すでにこの寝室に毒ガスが発生したりギロチンが落ちたりする仕掛けが施されていたら？　不安に駆られ、暗い天井や壁に視線を走らせる。

自動殺人装置なんて突拍子もない発想だが、咲奈は推理小説を読んでいた。フィクションから何かを学びとった可能性がある。まったく、推理小説なんてものがこの世にあることが不条理に思えてきた。

隣の寝顔を見る。腕に寄り添っているのは俺の動きを封じるためなのではないか。

とても眠れない。

十分が過ぎ、耐えきれず身体を起こした。「えっ」と咲奈の声がした。さも今目覚めたように瞼をこすっている。

「どうしたの？」

「ごめん。喉が渇いたから水を飲んでくるよ」

そう言って、ベッドを下りた。寝室を出るとひとまず身体のこわばりが取れる。

キッチンに下りて実際に水を飲んだ。頭を冷やすためにガリガリ君が欲しかった。

いつもと同じ夜なのに、やけに静かだ。暗いカーテンを見やる。俺も咲奈も互いに思惑を読まれないよう、心にとばりを下ろしている。静寂はきっとそのせいだ。

殺られる前に、今すぐに咲奈を殺すべきだろう。事故に見せかけるのは難しいから、正面突破だ。

――人って消えてしまうんですね。

脳裏に真新しい言葉が蘇る。日中、オフィスで聞いた言葉だ。

ネットで洗剤を調べていると、離れた席で社員の一人が「ダメだ」と電話を置いた。梶谷社長が「どうしたの」と訊くと、派遣作業者の一人が無断欠勤し、電話も通じなくなったのだという。聞けば派遣先でトラブルを起こしたばかりだった。

ばっくれやがったなぁと、梶谷が愚痴《ぐち》をこぼす。残念だが決して珍しい話ではない。その作業者は元やくざ枠ではなかったし、聞き流してディスプレイに目を戻した。すると隣の野中がぼそっと言ったのだ。

――人って消えてしまうんですね。

反射的に「え?」と返すと彼女は答えた。

――昨日ネットで見たんです。日本では年間八万人以上の人が失踪《しっそう》しているって。もし事件に巻き込まれていても、きっとこんなふうに周りが捜そうとしなければ、消えてしまうんだろうなと思いまして。

――ああ、確かにそうかも。でも今の人は自分の意思で辞めただけだと思うよ。

――はい。たまたま連想してしまっただけです。それにしても派遣さんのケアは力を入れなければいけませんね。

生真面目《きまじめ》な野中の一言で会話は終わった。何気ないやりとりが図らずもヒントになった。

文字どおり人を消してしまえれば。手の込んだ偽装工作はいらない。殺人の証拠が出ないのだから。

俺は車を所有していた。妄想の中で咲奈をトランクに閉じ込めてみる。

「気絶させて山奥に運び、殺して埋める」

プランを小さく口にした。

Nシステムや町の監視カメラが懸念材料だが、ナンバープレートを隠し、俺もマスクなどで変装すれば特定はされない。第一咲奈の家出を匂わす置き手紙を偽造すれば、「大人の家出」に警察は本格的な捜査をしないだろう。

気づくと自分の手を見ていた。濃紺の闇《やみ》に白く浮かび上がる掌。左手の薬指に光の輪がはまっている。できることなら直接手を使う殺し方はしたくなかったが。

数分待って階段を引き返した。電気のついていない寝室に戻ると、ベッドに咲奈が座っていた。寝ているか、寝たふりをしているかを予想していた俺は「うわっ」と声を上げてしまう。

「ずいぶん遅かったね」

そう言ってスマートフォンを眺めている。ブルーライトが咲奈の顔をほのかに照らす。ちらちらと俺を見る。

立ち尽くす俺に、どうぞ、というふうに掛け布団をめくった。

「目が冴えちゃった。光弘さんは寝てくださいね」

不吉だ。今にもベッドの下から槍《やり》でも飛び出てくるのではないかと妄想し、焦る。とりあえずベッドから離れた壁際に立った。

落ちつけ。一思いに首を絞めればいいだけだ。頸部《けいぶ》を圧迫すればものの数秒で意識を奪える。抵抗されたところで支障はない。罠なんて、ないはずだ。よし、一歩を……。

咲奈が首を傾げる。

「寝ないの?」

「俺も目が、冴えてしまって」

「そう、なの?」

そしてハッとする。

「じゃあ膝枕してあげようか?」明るい声で太腿をぽんぽんと、叩く。「そうだ、真夜中特別耳かきタイムはどう?」

絶対にお断りだ！

「い、いや、寝よう」

「眠れないんでしょう？」

スマホを置き、咲奈が立ち上がった。ベッドサイドのランプをつける。鏡台の前からメイクボックスを持ってきて、ベッドに正座で座り直した。

「遠慮しないで」

メイクボックスから綿棒を取りだす。ボックスは手元に置かれている。俺の位置からだと中身がほとんど見えない。

おお怪しいぞ、メイクボックス。凶器が隠してあるのではないか？　中身の見えない箱だ。隠したい放題ではないか。

「光弘さん？」

咲奈がクスクス笑う。頭が沸騰する。またもこっちを怖がらせて楽しんでいるのだ。

どうするか。咲奈が凶器を持っていようと素手で打ち勝つ自信はある。が、刃物だったら、どちらか流血する恐れがある。部屋や車に血痕《けっこん》を付着させたくない。掃除をしても血液反応が残ってしまう。警察が家出を鵜《う》呑《の》みにせず、自宅を調べる可能性はゼロではない。

凶器を使わせる前に制圧すればいいのだが、いかんせんベッドから距離を取りすぎてしまった。グズグズしていた自分を激しく殴りたくなる。

息を吸い一歩を踏みだす。咲奈がベッドで身じろぎをした。俺はドアのほうに身体を向けた。

「トイレに行ってくる」

「……えっ？　今度はトイレ？」

ぼそりと言われたが無視して、再び寝室を出る。仕切り直しだ。

対策、対策。簡単だ。俺も武装すればいいのだ。トイレに行くふりをして玄関近くのクローゼットへと急ぐ。確かゴムハンマーがあったはずだ。扉を開き、探すと袋に入った見慣れないサンダルがあった。

「ん？」

男性用だが俺のではない。

戸惑って観察しているうちにピンときた。

「なるほど……」

納得と同時に寒気が走る。

咲奈が偽装工作のために用意したのだ。俺を殺し、外部犯に思わせるためにサンダルの足跡をこしらえるつもりだろう。

どうするべきか。これ見よがしにサンダルを持って寝室に上がってやればさぞ驚くだろう。他にもっとやり方はないか。どうするのが一番、効果的か……。

ふっと、後ろ髪がなびき、振り向く。

風?

サンダルを置き、リビングに引き返す。掃き出し窓のカーテンがそよいでいた。妙だ。さっき水を飲みにきたときは閉まっていたのに。咲奈が下りてきたのか?

訝《いぶか》しみながら窓に歩み寄っていく。ゆらりと壁の影が動いた。自分の影ではない、と気づくと同時に身を伏せた。

ビュッ、と頭上で風を切る音がする。かがみつつ背後を見上げた。全身黒ずくめの男がバールを再度振り下ろすのを見た。フローリングを滑って旋回し、相手の背後に回る。バールが俺の残像を追って空を切った。

真夜中、謎の侵入者が俺を殺そうとしている。

事態を呑み込むとかえって冷静になった。立ち上がり、肘掛けにいわくつきのソファを二ステップで飛び越える。ソファを挟んで男と対峙《たいじ》する。マスクとニット帽で顔は見えない。この暑いのに手袋もしている。

「明石か?」

当たりをつけて言った。答えずに相手がソファを回り込もうとする。俺はソファを少し蹴りだし、半円を描くように逃げる。

「落ちつけよ」

タイミングからして他に考えられない。大胆な手で来たものだ。怒りを通り越して呆れてしまう。それに。

「ダミーのサンダルを用意した意味ないじゃないか」

男のスニーカーを顎で示し、皮肉っぽく指摘してやる。そのときだった。

「きゃあああっ」

階段の上で悲鳴がし、心臓が跳ねた。続けてダンッ、という激しい物音。廊下にパジャマ姿の咲奈が現れた。男に追われている。

二人目の男……？　バール男と同じいでたちだが、握っているのはナイフだ。咲奈は裂かれた枕を投げた。羽毛が飛び散る中、突きだされる刃《やいば》から必死に逃げている。

なぜ咲奈が襲われている。……まさか？

この二人は咲奈と無関係。

結論が出たと同時に俺は躊躇なくソファを持ち上げてバール男に叩きつけた。そのまま男をソファの下敷きにする。

急ぎ階段に向き直る。刹那、階上で咲奈が、男に背を押された。

鉄棒をしくじった子どものように、妻の身体が柵を越え、宙に浮く。

「あっ」

反射的に駆けていた。両手を広げ、咲奈の身体をダイビングキャッチする。人一人の落下の衝撃に、踏ん張りきるのは無理だった。咲奈を胸に抱え込んで仰向けに倒れる。身体をプレスされる痛みに目を閉じた。目を開くと五センチの距離に咲奈の顔があった。見開かれた双眸《そうぼう》が大きく揺れる。

その背後に男が見えた。咲奈の身体を右側に引き離し、俺自身は左に転がる。二人の間をナイフが走った。飛び起きてナイフ男を蹴り倒す。そのまま押さえ込もうとしたとき、

「光弘さん！」

倒れたまま咲奈が叫び、俺の背後を指さす。

振り返るとバールが降ってきた。避けながら打った拳《こぶし》はバール男の腕に弾き返される。続けて腹を狙った膝蹴りは躱《かわ》された。横殴りに迫るバールをとっさに掴むと、ぐいぐい壁際に押された。ソファで打ちつけたダメージが感じられない。かなり強靭《きょうじん》な身体だ。

その隙《すき》にナイフ男が動いた。身を起こした咲奈にナイフを振り下ろす。

咲奈っ、と叫ぶ声が喉にせり上がった。

ガチッという音がした。ナイフが何か硬いものに跳ね返され、ナイフ男が困惑したように半歩下がった。

上体を起こした咲奈は胸にダンベルを抱えていた。えいっ、と投げたダンベルはナイフ男の脛《すね》に当たった。相手が痛みにしゃがみ込んだ隙に、咲奈が廊下を走っていく。脛を押

さえながらナイフ男が追いかける。

目を逸らした俺を振りほどき、バール男がバールを振り上げる。瞬時に俺は無防備になった相手の脇の下を突いた。

音を立ててバールが落ちる。相手が自分の腕の痙攣《けいれん》に驚いているうちに肝臓の上を掌底で打つ。続けて太腿を外側から踏み潰すように蹴った。

狙った箇所はすべて人体の急所だ。身体を鍛《きた》えていようと急所は変わらない。膝をついて崩れた男を床に転がしてから、咲奈とナイフ男を追う。

洗面所のドアをこじ開け、中に飛び込む男が見えた。一秒と経たず、その大柄な身体がひっくり返る。廊下に背中から叩きつけられ、壁に頭を打つ。

「えっ？」

驚きつつも駆け寄り、落ちたナイフを奪い取る。ナイフを持たないナイフ男はふらつきながらも俺の脇をすり抜け、バールを持たないバール男を引き起こした。二人を追うより咲奈が気になり、暗い洗面所に入る。

肩で息をする咲奈が浴室から顔を出していた。

「足元、気をつけて」

警告されて電気をつけると、床がヌメヌメしていた。ディスペンサーが転がっている。ヘアトリートメント剤と水をぶちまけて襲撃者の足を滑らせたようだ。

「あの人たちは……？」

リビングに戻ると二人組は掃き出し窓から逃走した後だった。浴室に引き返して「もう大丈夫」と告げると咲奈はへたり込んだ。

「一体なんだったの……」

「……なんだったんだろうな」

廊下の壁に寄りかかり、俺も瞼を押さえた。二人ともしばらく無言でそうしていた。

駆けつけた警察の聴取、現場検証が朝まで続き、遅い出社をした。梶谷と社員が数人いる場で、昨夜二人組の男が家に侵入した旨を報告した。どうにか撃退に成功したとも説明する。

「ええっ、何それ。見たかったんだけど」

社長の感想はその一言だった。

「勘弁してください」

「そうです。不謹慎すぎます」

横で聞いていた野中がぴしゃりと言う。

「藤堂さんが、危うく命を落としかけたんですよ」

「そんな大げさなものでもないよ」

「ほら、ないって言ってるよ野中さん」

「社長！」

梶谷は野中の威圧に殴られた素振りをしてから、俺の目を見た。

「で、何者だったのそいつら」

微妙に声色が変わっている。梶谷の考えが伝わる。「俺が襲われる」ということは、新庄一家に恨みを持つ者の犯行ではないか。

同じことを襲撃直後は俺も考えた。咲奈以外で俺の命を狙う者といえば同業他社だ。足を洗っていても買われた恨みは消えない。敵対勢力の仕業を疑った。しかし、警察からの情報で考えすぎだとわかったのだ。

「最近、出没している強盗の可能性が高いらしいです」

梶谷に対して答えた。

警察によるとこのひと月、俺の自宅を含む数キロ圏内で二人組による窃盗、強盗事件が数件起きていた。いずれも掃き出し窓から侵入し、金品を奪う。住人に出くわすと一人はバール、一人はナイフで脅して逃げ去る手口らしい。

「凶器や犯人の体型も一致していました」

「泥棒の常習犯コンビに入られちゃったってこと？」

「はい。運悪く。俺たちが起きていたために相手も驚いて襲ってきたのだろう、と」

梶谷は微《かす》かに安堵を見せて「ふうん」と頷いた。

とんでもない偶然だ。妻を殺すか自分が殺されるか、という重大な夜にそんな部外者がやってくるなんて。

でも偶然と考えれば釈然とする部分もあった。「藤堂光弘狙い」なら、咲奈を襲う必要はない。咲奈が洗面所に逃げたとき、わざわざ二手に分かれたのはおかしいのだ。

「でも藤堂さんと奥さん、犯人を撃退ってすごいですね」

社員の一人が感心したように言う。

「あ、いや、無我夢中で……犯人も慌ててたからじゃないかな」

「さすが拳法《けんぽう》の達人」という梶谷の余計な一言は「だからといって無茶は危険ですよ」という野中の声に重なって、周囲には聞かれずに済んだ。

社員たちがデスクに戻ってから、梶谷が俺にささやく。

「昨夜の電話の件の説明は？」

「すみません。忘れてました」

あの後が衝撃的すぎたのだ。

「ったく。俺、今日病欠したほうがいいのかなって悩んじゃったじゃない」本気なのか冗談なのか梶谷は口を尖らす。「前に奥さんが不倫してるかもって言ってた話と関係ある？」

「……後でまたお話しします」

「ふうん。とりあえず奥さんの麻婆茄子は食べさせてよね」

毒が入っていてよければ、と言いたい気持ちは我慢して微笑み返す。

デスクに戻り椅子を引き、溜め息をつく。思いがけない夜が終わったが、夫婦の状況は変わっていない。咲奈はまた俺を狙うだろう。愛人と結ばれるために。

席に着こうとして、背中に痛みが走った。前々日の無理な着地に加えて、昨夜は咲奈を受け止めて床に背中を打った。

なぜあんなことをしたのか。咲奈が死ぬチャンスだったのに。

いや、気にすることはない。あれはただの条件反射だ。俺は俺の手で咲奈を殺す、と決めているのだ。男に二言はない。

痛みを無視して腰を下ろす。

まずは咲奈に主導権を握らせないこと。

周囲に見えないようスマートフォンを取りだし、ブックマークしていたページを開く。旅行サイトだった。家の中での殺人計画では、長時間在宅している咲奈が段違いに有利だ。だから外に連れだすことにする。

今夜にでも俺は、咲奈を旅行に誘う。「ひどい目にあった気晴らしに、次の休みに遠出しないか」、「海沿いをドライブでもしよう」と。

俺の思惑を咲奈は見透かすだろうが、おそらく断らない。断る理由がないし、あわよくば旅先で俺を殺すチャンスを狙うだろう。望むところだ。次こそ討ち取ってやる。

旅行らしい旅行はしたことがない。最初で最後、か。果たして咲奈を葬るにふさわしい場所はどこだろうか。画面をスクロールし、行き先を絞っていく。

＊

本当に、なんだったのだろう。

クローゼットから取りだした古い衣服を次々と畳みながら、私は昨夜の出来事をぼんやりと思い返していた。

ベランダから覆面男が現れたときは、もう終わりだと思った。善良な会社員だったはずの光弘さんが、シエルブルー一号店潰しのために雇った若宮興業のみならず、とうとう殺し屋とも繋がりを持ってしまったのだと本気で信じた。

だけど――どうも、そうではなかったみたいだ。

畳んだ衣服を麻紐《あさひも》で縛ってゴミ袋に入れながら、寝室の外を見やる。

吹き抜けになっている二階の廊下から真っ逆さまに落下した私をしっかりと受け止めてくれたのは、私がその瞬間まで疑っていた光弘さんだった。

覆面男に襲われているのは、私だけではなかった。光弘さんが応戦する傍ら、私も無我夢中で反撃した。直前まで夫を刺殺しようと策を練っていたはずなのに、気がつくと二人きりになった廊下で光弘さんと見つめあっていた。

「罰でも当たったのかな」

神様が腹を立てたのかもしれない。私が、光弘さんを葬ろうとしていたことに。

……とすると、光弘さんも私を殺そうとしていたわけだから、罰が当たる確率は単純計算で二倍か。

「空気、読んでほしかったなぁ」

何も昨夜じゃなくてもよかったのに、と思う。本物の暴漢が入ってきたせいで、とっておきの計画がパーになってしまったじゃないか。

まだ捕まっていない強盗に八つ当たりをしながら、私はクローゼットの整理を続けた。毛玉だらけになっている光弘さんのセーターを発見して、それも畳んでゴミ袋に入れる。

昨夜の一件は、なかなか衝撃的だった。抱き止めてくれた光弘さんの温《ぬく》もりに安心し、男らしさに惚《ほ》れ直して無事仲直り、めでたしめでたし——なんていうハッピーエンドにする選択肢もあったのかもしれないけれど、そうやって心を許した先に待つものを私は知っている。

死だ。

昨夜の一件が偶然とわかった以上、光弘さんは殺害計画を続行してくるはずだった。私がデイトレードで貯めた財産を奪い、あわよくば会社まで乗っ取るつもりかもしれない。若宮葵を差し向けて瑞希さんの店を潰そうとしたことからもわかるとおり、光弘さんは手段を選ばない男なのだ。

それなら私も、気を抜くわけにはいかない。

家の中にいる時間が長い分、地の利はこちらにあった。シエルブルーのお店や本社、そして隣町のマンションに顔を出せないのは申し訳ないけれど、ずっと家にいる昼間の時間を有効に使うことで、主婦の私はしっかりと準備を整えることができる。

とはいっても、手詰まりになりつつあるのもまた事実だった。案外、家の中で自然に夫を殺すのは難しいのだと痛感する。

だとすると――。

古着をいっぱいに詰めたゴミ袋を両手に一つずつ抱えて、私は階段を下りた。

そのまま玄関から外に出て、建物のすぐ脇にある狭い駐車場へと向かう。ふだんはあまり使わない紺色のコンパクトカーがそこに停《と》められていた。

角部屋だからか、割り振られている駐車場はぴったり一台分の広さで、建物とコンクリートの塀に三方を囲まれた専用スペースになっている。私はペーパードライバーだからまったく運転しないのだけれど、光弘さんは休日になるとたまに一人でドライブに出かけていた。もともと、車を運転するのは好きらしい。

近所の人に見つからないようにあたりを窺いながら、私はゴミ袋を持ったまま車と建物の隙間に滑り込んだ。

作業は、すぐに終わった。

ほんのちょっとの時間だったのに、身体中から汗が噴きだした。相変わらず、気温も湿度もびっくりするほど高い。

「ああ、暑いなぁ」

しばらくして、急いで玄関へと戻り、室内に駆け込んだ。エアコンのひんやりとした空気が全身を包む。軽くなった両手を広げ、私はその心地よさに浸った。

やっぱり、エアコンは夏の必須《ひっす》アイテムだ。

ふと、部屋の奥から何か音が聞こえることに気づく。スマートフォンのバイブレーションだと気づき、私は慌ててサンダルを脱いでリビングへと向かった。

「あ、もしもし?」

電話は明石くんからだった。ああ咲奈さん、という朗らかな声が聞こえてくる。

『今大丈夫ですか。経営会議で決定した事項について、具体的な進め方を相談したくて』

そういう場合じゃないんだけどな、などと考えつつ、私は明石くんの真面目な話に耳を傾けた。

『──ってことで、咲奈さんの提案どおり、次の店舗は銀座に出店したいんです。だけど、ちょっと気になることがあって』

「どうしたの？」

『銀座という土地柄、他の店舗に比べると、出店に桁違《けたちが》いのお金がかかるんですよ。今年度はすでに銀行から相当な額を融資してもらってるので、これ以上借り入れるのは会社としてどうかなと。自己資本比率があんまり下がるのはよくないですから』

「だったら、私が増資しようか」

さらりと口にすると、電話の向こうで明石くんが噴きだした。

『ずいぶんと簡単に言うんですね』

「もういっそのこと、全財産を会社に注《つ》ぎ込んじゃおうかなぁ、と」

『何言ってるんですか。会社は万々歳ですけど、元手がなくなったら趣味のデイトレードができなくなりますよ』

「でも、このまま持ち続けるのもリスクがあるし」

『……リスクって？』

明石くんの怪訝な声を聞いて、ハッと我に返る。

危ない危ない。口を滑らせるところだった。

自分が先に殺された場合に、犯人である夫に莫大な遺産が渡ってしまうリスク——だなんて、明石くんに言えるはずがない。

「あ、ううん、気にしないで。大したことじゃないから」

『まあ、いいですけど。じゃあ、増資の件はよろしくお願いします。細かい手続きはこちらでやるので』

「うん、わかった」

『それにしても、改めて恐ろしいですね。咲奈さんの資金力と、そのあっさりした経営判断力。今、エステティック・シエルブルーが次に来る企業として投資家たちに注目されてるの、知ってます？』

「噂《うわさ》は小耳に挟んでる」

『そんな有名企業の社長なのに役員報酬さえもらわないなんて、咲奈さんは欲がないなぁ。僕だったら、年間数億円の報酬をもらって、六本木《ろっぽんぎ》の高級マンションに住むけど』

「私は、今以上の生活は望まないから」

——と、思っていた。この先光弘さんとずっと幸せに暮らしていけると信じていた、ついこの間までは。

「ねえ、明石くん」

『ん？』

「万が一私が死んだら、会社をよろしくね」

『はい？』

「個人の資産もシエルブルーのために使ってもらえるよう、遺言状を残しておくから」

『ちょっと、急にどうしたんですか。部屋のエアコンついてます？　熱中症にでもかかってません？』

完全に冗談だと思っているのか、電話の向こうで明石くんが笑う。ふふ、と私も笑ったふりをしてから、「じゃあね」と真顔で電話を切った。

そうだ、遺言状。

一応、書いておいたほうがいいかもしれない。

別に弱気になっているわけではなかった。あくまで、念のための話だ。私が光弘さんを殺すほうが先だという自信は、十分にある。

一度失敗しているため光弘さんがひっかかる望みは薄いけれど、毒殺や刺殺の計画は続行しようと考えていた。トリカブトはまだ少し残っているし、暴漢に侵入されたと見せかける仕掛けはまだ不発だ。

いくつもの罠を張り巡らせ、光弘さんがかかるのを待つ。

蜘蛛《くも》になったような気分で、私は明るいリビングで一人、お皿洗いに取りかかった。

夕方早くに、玄関のドアが開く音と、「ただいま」という光弘さんの声がした。何気なくテレビを見ていた私は、いつもよりずっと早い夫の帰宅に驚いてソファから飛び上がった。

「おかえりなさい。今日は早いんだね。びっくりした」

疑いの目で光弘さんの顔を見やる。すると、光弘さんは不自然な笑みを浮かべ、おもむろに鞄からカラフルな雑誌を取りだした。

「何、これ」

表紙のタイトルを読む。『北陸・金沢《かなざわ》』とあった。

「……ガイドブック？」

「そう。強盗なんかに入られて、咲奈も怖い思いをしただろ。気晴らしに、今週末は旅行に行こうかと」

「えっ、旅行？」

「自然が多いところに行って、心を休めたほうがいいと思ってさ。北陸には、山も海もある。こっちより涼しいだろうし、海沿いのドライブコースなんかもきっと気持ちいいぞ」

後ずさりしそうになるのを、必死でこらえた。

いやいやいやいや。

どう考えても怪しい。

光弘さんは旅行先で私を殺す気だ、と直感する。家を舞台に殺しあいを続けようとすると、自分が不利になることに気がついたのだろう。

でも——と、私は冷静に思考を巡らせる。

これは、もしかすると、またとないチャンスかもしれない。

光弘さんも同じ答えに辿りついていたことに、ちょっぴり可笑《おか》しくなる。

そうなのだ。

家の中での殺害計画には限界がある。それなら、外に出てしまえばいい。

「わあ、嬉しい。光弘さんと旅行、ずっと行きたかったんだ」

私はわざとはしゃいだ声を上げ、光弘さんに向かってにっこりと微笑んだ。

「三年越しの新婚旅行、かな？　時間がなくて、行けてなかったから」

「そうだな。じゃ、出発は金曜の夜にしよう。仕事は定時で切り上げて帰ってくるようにするよ」

「やったぁ！　楽しみにしてるね」

「というわけで、俺は山ほどある仕事を片づけるために今から会社に向かう」

「……へ？」

ぱちくりと目を瞬《またた》く。

「最近忙しくてさ。二日ほど泊まり込みになるかもしれない。だけど、金曜の夕方には必ず帰ってくるから」

靴も脱がずに玄関に立っていた光弘さんは、私にガイドブックを押しつけると、回れ右をして外へと出ていってしまった。

あっという間の出来事だった。

ギリギリギリ。

気がつくと、私は歯ぎしりをしながら閉まったドアを見つめていた。

せっかくグラスに仕込んだトリカブトペーストや、クローゼットにしまってある男性物のサンダルを、光弘さんは使わせない気のようだ。死の危険が迫るこの家で夜を明かすことをせず、金曜夜からの〝新婚旅行〟で一息に私を殺すつもりでいる。

わざわざ一瞬だけ家に帰ってきたのは、私に対する宣戦布告だったのだろう。

私は玄関のドアを施錠し、チェーンをかけた。思い返せば、光弘さんを警戒するあまり、この数日間はほとんど眠れていない。万全の状態で殺害計画を再開するためには、金曜までにしっかり睡眠を取る必要がありそうだった。

ただ――。

今日の自分の行動を振り返り、私はそっと笑みを浮かべる。

飛んで火にいる夏の虫、とはこのことだ。

おそらく、二人が北陸に辿り着くことはない。

だって――旅行に行くまでもなく、勝負はすでに決着しているのだから。

金曜夜、光弘さんは宣言どおりに早く帰ってきた。光弘さんが着替えて旅行の支度《したく》を始める中、すでに荷物をまとめてあった私は「先に載せちゃうね」と声をかけ、旅行鞄を持って玄関を出た。

むわっと熱気が押し寄せる。日はもう落ちかけているのに、相変わらず気温が高い。目を細めながら駐車場へと向かい、後部座席に旅行鞄を押し込んだ。それから、車のエンジンをかけてエアコンのスイッチを押した。暑がりな光弘さんは、夏に車を使う際、あらかじめ車内を冷やしておくことが多い。その習慣に気づいてからは、私が気を利かせて代わりにエアコンをつけてあげることもしばしばあった。

ドアを閉め、いったん家の中へと戻る。十五分ほど経ってから「もう行ける～？」と無邪気な声で呼びかけると、「そろそろ」と返事があった。しばらくして、ボストンバッグを抱えた光弘さんが二階から下りてきた。

「じゃあ行くか」

「その前に、窓の施錠確認をしなきゃ」

「確かにな。強盗に入られたばかりだし」

言葉を交わし、家の中を見て回る。必要以上に時間をかけ、念入りにチェックした。それから光弘さんとともに外へ出て、玄関のドアに鍵をかける。

「あら藤堂さん、こんばんは。お出かけですか？」

駐車場と反対方面から声がかかり、私と光弘さんは思わず飛び上がった。お隣の部屋に住んでいる小野田《おのだ》さんの奥さんだ。一歳の息子さんを抱っこして、ニコニコしながらこちらを見ている。ちょうど帰ってきたところのようだ。

「あ、ええ、はい」

「大荷物ですね」小野田さんが光弘さんのボストンバッグを見やった。「ご旅行ですか」

「遅れてやってきた新婚旅行、ですかね」

「わあ、素敵ですね！　羨ましいです」

行くときは二人、帰るときは一人のつもりで夫が企画した旅行と知ったら、それでも小野田さんは羨ましいと言えるだろうか。

「さすが藤堂さんご夫婦、相変わらず仲よしですね」

「そ、そんなことないです～」

ぶんぶんと手を振る。仲がよかったら殺しあわない。

「いいなぁ。うちは結婚して五年ですけど、この子が生まれてからは旅行とか全然で」

「そうですよね、お子さんがいるとね」

「お二人も、お子さんが生まれる前にたくさん遊んでおいたほうがいいですよ」

「ありがとうございます」

大丈夫。互いに殺意を抱きあっている夫婦に子どもは生まれない。

ではまた、とぎこちない笑みを浮かべながら、私たちは小野田さんと別れ、駐車場へと向かった。

思わぬ偽装を余儀なくされてしまった。光弘さんも苦々しい表情をしている。

だけど――いい時間稼ぎにはなったかもしれない。

光弘さんが先に立って、車の運転席に乗り込んだ。シートベルトを締め、ボストンバッグを後部座席に放り込む。

私も助手席のドアへと手をかけた。そこで、ハッと息を吞んで口元を押さえる。

「あっ、化粧品を入れ忘れちゃった。ごめんね、ちょっと取ってくる」

ガラス越しにジェスチャーをしながら内容を伝え、玄関へと戻った。鍵を開け、家の中へと入る。

それから、ふう、と長い息を吐いた。

ゆっくりと靴を脱ぎ、リビングへと向かう。

そして、ソファに腰かけて、一人思った。――帰ってくることのない私を車の運転席で待っている、かわいそうな光弘さんのことを。

そう。

家の中が無理なら、外で実行すればいいのだ。

さようなら、光弘さん。

そこにある毒は、無色透明で、無臭だ。すぐに意識を失わない場合でも、異変に気がついたときには身体の自由が奪われていて、最終的には死に至る。

シンプルでいい。簡単な計画だからこそ、不慮の事故に見せかけることができる。

「……天国でも元気でね」

私が呟いた独り言が、誰もいないリビングの床にそっと落ちた。

＊

咲奈が忘れ物を取りに行ってすぐ、俺は運転席で腰のストレッチをした。階段着地や咲奈のキャッチで生じた痛みは和らいでいる。溜まっているのは昨日の運転疲れだ。これからまた同程度の距離を運転しなければならない。

「途中で事故を起こしたら笑えないからな」

独り言をこぼし、エアコンの風向きを調整する。密閉された車内は適度に冷やされていく。沈みかけの夕日を眺めていると、視界の下のほうに何かが現れた。

「ん？」

前方の道をのそのそ歩いている猫が見えた。

「もーちゃん！」

もっちりした白い身体に黒い斑点《はんてん》。間違いない。もーちゃん作戦が失敗してから一週間ほど見ていなかった。

「おーい、もーちゃん。もーちゃん！」

フロントガラス越しに手を振る。声が聞こえたのか、もーちゃんはちら、とこっちを見た。ウィンドウを開けて顔を出す。

「俺だよ」

もーちゃんは、にゃー、と珍しく鳴いた。おぉ、その節は悪かったな、という顔にも、おまえ誰だったっけな、という顔にも見えた。歩調を早めて歩み寄ってくる。

「あ、待て待て」

制止を聞かず、もーちゃんは車のボンネットの死角に入り見えなくなってしまう。寝られでもしたら大変だ。慌てて車を降り、車体の下を覗き込んだ。黒いシルエットになったもーちゃんは後輪の向こうに歩いていく。

「もーちゃん、車の下は危ないぞ」

後部に行くと、もーちゃんは狭い隙間を縫ってコンクリート壁の角で丸くなっていた。

俺は立ち尽くしてその場を見下ろした。もーちゃんをではない。古着が詰まった複数のゴミ袋が、車のマフラーを塞いでいる様を、だ。あたかも積んでいたゴミ袋が崩れたように見えるが、咲奈の作為であるのは明白だ。

頭を押さえて運転席に戻り、いったんエンジンを切った。ハンドルを拳で打つ。

アイドリング状態でエンジンをかけっぱなしにしていたら、車内に逆流した排気ガスで俺は死んでいた。一酸化炭素中毒だ。思えば咲奈は家の施錠に時間をかけていた。密閉した車にガスが充満する時間を稼いでいたのだ。

「出発もさせない気か」

こめかみの汗を拭ってから、ゴミ袋をどかし、命の恩人を抱きかかえた。

「ありがとう。キャットフードをいくつあげても足りないよ」

がちゃ、と音がして玄関から咲奈が顔を覗かせた。エンジン音が消えたので作戦失敗に気づいたのだろう。咲奈の目は俺と車をすばやく行き来した。

「化粧品は見つかった?」

「……うん」

「じゃあ行こうか。あっ、この猫」

咲奈の目が猫に注がれ、見開かれた。ブッチー、と呟く声がした気がするが、「もーちゃんだよ」と堂々と紹介した。

「旅の見送りに来てくれたみたいだ」

もーちゃんの頭を指の腹で撫でてから車と離れた場所に下ろしてやる。咲奈を一瞥し、俺を見上げる。健闘を祈るぜ、と言ってくれた気がした。必ず勝つ、と頷くと、もーちゃんは走り去っていった。

カーナビに従って車を走らせた。最終目的地は北陸だが、車では七時間以上の行程になる。今夜は長野県内にある諏訪湖《すわこ》に近いビジネスホテルで一泊することにしていた。いい宿は予約が埋まってしまっていたんだ、と詫びると咲奈は首を横に振った。

「全然大丈夫。光弘さんと一緒に旅行できることが幸せだから」

排気ガスで中毒死させようとしていた夫に、よく言えるものだ。拍手を送りたい。

「素泊まりのプランだから、ご飯はサービスエリアで食べようか」

「せっかくの機会だからそうしよう」

車は住宅地から煌《きら》びやかな夜の街に抜け、やがて幹線道路に出た。ETCのゲートをくぐり、高速道路の波に乗る。

他愛もない、実際のところ愛すらない会話が途切れて、車内にしばらく沈黙が落ちた。三日前の夜に感じたのと同じ、感情を隠しあう空気だった。

「ラジオでも聴こうかな。いい？」

「もちろん」

ふだんなかなか聴かないから、と、咲奈は慣れない手つきでカーオーディオを操作した。タッチパネルでチャンネルを選ぶ。流れだしたのはバラードだった。

「あっ。この曲、私好きなの」

曲名も歌手名も、俺は知らなかった。

俺の車をセダンが追い越していく。テールライトが充血した犯罪者の眼に思えた。

ラジオの物悲しいメロディーに合わせて、微かな声量で咲奈が鼻歌を乗せる。

「こんな歌、なかったかな」

俺の呟きに咲奈が鼻歌をやめてこちらを見る。

「この曲は、」

流れる曲名を答えようとしたので、「いや」と制する。

「今流れてる曲のことじゃない。カップルが車でラジオを聴いてる。そして女が男の知らない歌を口ずさむ。こんな情景を歌った曲があった気がするんだ」

「ああ、そういうこと」咲奈は理解したうえで首を傾げた。「私は知らないかも」

「ああ、俺も思いだせないよ。とてもいい曲だったはずなんだけど」

「いい曲なら、聴いてみたいかも」

本心なのか演技なのか、残念そうに咲奈は言う。

こんな関係になる前に聴かせてやればよかった。憎みあえば、相手の好きなものというだけで嫌いになってしまうだろうから。

ラジオのバラードがやむ。この曲名を咲奈に尋ねることもまた、俺はしなかった。

一時間ほど走ってサービスエリアのレストランで夕食を取った。さりげなく咲奈は自分の料理から目を離さなかった。トイレを済ませて、売店で飲み物や菓子類を買う。

「光弘さん、ずっと運転疲れない？」

レジに並んだときに咲奈が言った。

「全然だよ。咲奈が隣にいてくれるから」

「……ありがとう」

出発直後の意趣返しのつもりだったが、売店の横のレジに並んでいた客の男性に、ちらちら二度見され、鼻で笑われた。気づかないふりで支払いを済ませて袋を受け取った。

車に戻りエンジンをかける。カーナビが、宿まではあと約二時間と告げる。走りだして間もなく、俺は自分で買った缶コーヒーを飲んだ。余談だが無糖だ。

売店の袋からお茶のペットボトルを取りだした咲奈が「あれ」と小さく声を出した。

「ペットボトルのキャップが開いてる」

「え？　気のせいじゃないか？」

俺は微苦笑して、アクセルを踏み込んだ。前方のトラックを追い越す。

「光弘さん、開けた？」

「開けてない。買った後に咲奈が開けたんじゃないのか？　無意識にってやつだよ」

不自然な俺の言い分を聞きながら、咲奈はペットボトルを凝視する。

「光弘さん、飲む？」

やはり。毒見させると思った。

「今コーヒー飲んでるから。どうしてもというなら、今、飲むけど」

俺はまた加速して一台を抜いた。速度は一瞬、百二十キロに達した。

「大丈夫」

と言って咲奈はペットボトルに口をつけたが、飲んでいないのは明らかだった。

「お菓子を食べよう」

「そうだね」

袋からスナック菓子に、おかき、ビスケットが出てくる。

「まずはポテトチップスがいいな」

咲奈は無言で袋を裂き、自分でも食べながら、俺の口にチップスを運んだ。俺はコーヒーを飲み干して空にした。次から次へ菓子の開封をリクエストする。咲奈はおかきもビスケットも口に入れた。パッケージされた菓子には互いに細工の仕様がない。ただ一つ、ペットボトルのお茶は飲もうとしない。自分がつい数日前に毒入り料理を作ったばかりだ。毒での仕返しを疑っているに違いない。

ホテルに到着したのは十時ごろだった。夜中までチェックイン対応可が売りのビジネスホテルだが、ロビーも部屋も小綺麗で従業員たちもそつのない印象だった。

「待っていて」

ロビーの椅子に咲奈を座らせ、フロントでチェックインの手続きをする。先払い制なので会計も済ませた。部屋のカードキーを受け取ると、踵を返して咲奈のもとに向かう。

「お待たせ。行こうか」

「何階?」

「三一六号室だって」

カードキーに書かれた部屋番号を見せた。咲奈は頷いてからふっと無防備に笑った。

「どうした?」

「みつひろ、だなぁって」

「え?　……ああ」

語呂《ごろ》合わせか。三一六。みつひろ。笑みをこぼして、エレベーターのボタンを押した。

三階に着いてからわざと廊下をゆっくり進んだ。部屋番号を探すようにきょろきょろと視線を泳がす。

「光弘さん、こっちだよ」

咲奈は先に三一六号室を見つけだし、ドアを指さす。荷物を抱えた俺からカードキーを受け取り、ドアを開いた。

ツインベッドと小さなテーブル、鏡台、冷蔵庫でほとんどスペースが埋まった部屋だ。閉じられたカーテンを開けても大した眺望はない。

俺は荷物をカーペットに置いた。

「大浴場があるって。入ってこようか?」

「光弘さん、先にどうぞ。運転で疲れているでしょう?」

願ってもない、と言わんばかりだ。

「じゃあお言葉に甘えるよ」

と、着替えとタオルを準備した。咲奈はテーブルのポットに手を伸ばしかけ、冷蔵庫に身体を向けた。

「じゃ、行ってくる」

ドアを開けて廊下に踏みだす。

「ゆっくりしてきてね」

咲奈がカップを手にするのを見届けて廊下に出た。

咲奈は一刻も早く一人になりたがっている。当たり前だ。自分を殺そうとする夫と数時間のドライブをしたのだ。気が気ではない。助手席でさぞストレスを溜めていただろう。

加えて咲奈はサービスエリアからずっとドリンクを飲めなかった。もちろん売店を出てすぐペットボトルの蓋を開けたのは俺だ。だが何も混入していない。それを知らない咲奈は菓子を食べながら水分補給を我慢せざるをえなかった。高速道路走行中に俺に強引な毒見をさせることもできなかった。

今ようやく、夫の監視から離れた。初めて来るホテルは、罠の張りようのない安全地帯だ。真っ先に喉を潤そうとする。冷蔵庫のドリンクか、電気ポットのお湯でお茶を淹れて飲み、俺への反撃プランを練ろうとするはずだ。しかし。

ドアを振り返った。ドアプレートは三一六。声にせず呟いた。残念ながら咲奈。君の言うとおりここは「俺の部屋」なんだ、と。

＊

はあぁ。

光弘さんが部屋を出ていった瞬間に、私は大きく溜め息をついた。

とても苦痛な時間だった。まさか一酸化炭素中毒計画が猫のブッチーに邪魔されるとは思わなかった。何より、光弘さんのせいでペットボトルのお茶が飲めなかったため、喉がひどく渇いている。

あの短時間で毒を混入させるなんて、どんな手を使ったのだろう。

悔しさを噛み締めながら、私は電気ポットにお湯を沸かした。備えつけの白いカップに緑茶のティーバッグを入れ、上からお湯を注ぐ。本当は冷たい飲み物が欲しかったけれど、専業主婦の立場で冷蔵庫の中の有料ドリンクを勝手に開けるのは申し訳ないし、水道水をそのまま飲むのも憚《はばか》られる。

ティーバッグを取りだし、カップを両手で持って熱いお茶を啜《すす》った。それから、今夜のことを思って憂鬱になった。どうせまた、二人とも一睡もできないに違いない。

それなら、この部屋がまだ安全なうちに、飲めるものは飲んでおかないと。

長い夜に備えて、私はできる限り急いで熱いお茶を喉に流し込んだ。

時刻は午後十時。まだ目は冴えていた——はずだった。

急に、瞼が重くなってきた。ベッドに座った状態でぐらりと身体が傾き、慌てて姿勢を元に戻す。

「え、何これ」

うつらうつらしそうになり、危機感を覚えてベッドから腰を上げた。なぜだか、立っているのも非常につらい。

疲れが溜まっているせい？

それとも——睡眠薬を、盛られた？

ぼんやりとしながらも、蒼白《そうはく》になる。背中を冷たい手で撫でられたような心地がして、私は部屋を見回した。確かに先ほど、電気ポットやカップの中身はよく見なかった。でも、光弘さんが手を触れる時間なんてなかったはずなのに――。

「どうして」

その瞬間、隣のベッドに目が留まった。自分が腰かけているベッドに比べて、心なしかベッドメイキングが粗い。

そして私は思いだした。この二日間、光弘さんが家を空けていたことを。

ただ私の魔の手から逃れたかったわけではなかったのだ。あれも計画のうちだった。光弘さんは、昨夜からこのホテルに連泊していたのではないか。今日、私をここで眠らせてから、長野の山奥へと運ぶために――。

顔から血の気が引く。光弘さんが仕込んだ強力な睡眠薬を、私は飲んでしまった。

もう取り返しはつかない。

ガチャリ、とドアが開く音がした。私は思わず壁に身を寄せる。

「ああ、いい風呂だった。ビジネスホテルにしては設備がいいよ、ここ」

その実感のこもった感想は二泊目だからこそですよね、などと指摘するほど頭が回らない。

光弘さんはちらりとテーブルの上を見やり、緑茶のティーバッグが一つ使用済みになっていることを確認した。

「どうした？　ずいぶんと眠そうだな」

ひどい。これは光弘さんが――。

「ドライブが長かったから、疲れが出たんだろう。とりあえず休みなよ。お風呂は朝も入れるみたいだから」

光弘さんの腕が肩に回される。その温もりが心地いい。私は今にも眠ってしまいそうになりながら、徐々にベッドへと誘導された。

身体を横たえる。光弘さんの手が、優しく背中をぽんぽんと叩く。そして私は目を閉じ――。


がばっと起き上がった。

「え？　咲奈？」

「お風呂、行ってくる！」

ショルダーバッグとカードキーを摑み、最後の力を振り絞って部屋の外へと駆けだした。落ちてくる瞼を無理やり持ち上げながら、階段を下りてフロントへと走る。背後で光弘さんの声がしたが、私の言葉に騙されて大浴場のある最上階へと向かったようだった。

「空いている部屋、ありますか」

フロントのカウンターに身を乗りだし、息せき切って尋ねた。

「お一人でご宿泊ですか？」

「そうです」

「あいにくシングル、ダブルともに埋まっておりまして……一番大きなお部屋であれば、ご用意できるのですが」

「そこでいいです。支払いはこれで」

バッグから財布を出し、黒光りするブラックカードをカウンターの上に置く。受付係は面食らった顔をしながらチェックイン手続きを行い、カードキーを差しだした。

私はエレベーターに乗り、七階へと向かった。急ぎ足で廊下を歩き、七〇一号室に入る。ベッドが四つもある、ずいぶんと大きな部屋だった。

一番手前のベッドに倒れ込んだ。その直後、意識がぷつりと途切れた。


「えーと、昨夜はどこにいたの？」

翌朝──というよりは昼近く、午前十一時のチェックアウト時刻ぎりぎりに三一六号室に現れた私に、光弘さんは苦笑いしながら尋ねてきた。目の下には濃い隈《くま》ができている。私がこの部屋のカードキーを持っていってしまったから、光弘さんは一晩中警戒を解けなかったようだ。

「お風呂に行こうとしたら、なんだか急に眠くなっちゃって。近くの部屋のドアが開いてたから、ついつい入って寝ちゃったんだよね」

「危ないだろ。知らない男が泊まってる部屋だったらどうするつもりだったんだ」

「それがね、朝までずっと一人だったの。清掃後にドアが開けっぱなしになってた空き部屋だったのかも」

「とりあえず無事でよかったけどさ……」

今の光弘さんと同じ部屋に泊まるよりは、知らない男の部屋のほうが百倍安全だ。

「あーあ、びっくりするくらいぐっすり寝ちゃった。光弘さんは眠れた？」

「咲奈のことが心配で心配で、おかげで寝不足だよ」

「だったら、今日は運転代わろうか」

「大丈夫だって。咲奈はペーパードライバーだろ」

腹の探りあいをしながらチェックアウトをして、また車に乗り込む。

「今日はどこに向かうの？　海に行くんだよね」

「福井か、石川かな。とりあえず北上して日本海に出よう」

光弘さんが顎の下を触りながら曖昧に呟いた。福井県の東尋坊《とうじんぼう》、石川県のヤセの断崖《だんがい》。光弘さんが私を突き落とそうとしているのはどの断崖絶壁だろう。

今日のドライブは、昨夜よりさらに長かった。「だいたい四時間くらいかな」と光弘さんはうそぶく。今ごろ私を山奥に運んで埋め終わっているつもりだった光弘さんは、今晩の宿を取っていないようだった。

途中で、またサービスエリアに寄った。

「なんか、虫に刺されちゃったかも」

光弘さんがエンジンを止め、車から出ようとする直前、私は二の腕に手をやった。

「かゆみ止め、買うか？」

「ううん、持ってきてる。こういうこともあろうかと思って」

「さすが咲奈、準備がいい」

「私、塗ってから行くね。虫よけスプレーもしておこうかな」

「ああ……そうか。じゃあ車の鍵は置いていくよ」

光弘さんを見送ってすぐ、私はいったん助手席から出て後部座席へと乗り込んだ。しっかりドアを閉めてから、旅行鞄から虫よけスプレーを取りだし、車内に向かって思いきり噴射する。

他にもあった。制汗スプレー。ヘアスプレー。光弘さんが買ってきたカラフルな旅行雑誌に、化粧ポーチの中に入っていた拡大鏡つきコンパクトミラー。

ノーアイディアだったわりには、私はなかなか用意がいい。

手持ちの日用品だけで光弘さんを亡きものにする方法を、昨夜の長いドライブの間に、私は一つ考えだしていた。そして、その作戦を実行するために、今朝、ホテルの近くのコンビニでアイテムを買い足した。

ライター。タバコ。それから、花火。

夏の日差しが運転席側の窓から差し込み、車内を熱していた。むせ返りそうになりながらも三つあるスプレー缶をひとしきり噴射し終えた私は、手早く後部座席に旅行雑誌のカラフルなページを広げた。なるべく黒い色をしたページを開いてから、雑誌を旅行鞄に立てかけ、その上から花火を数本ばらまく。花火の入っていたビニール袋が開き、ちょうど雑誌の上にこぼれてしまったかのように、上手く演出した。

それから、運転席から見て死角になるよう、光弘さんのボストンバッグで旅行雑誌と花火を隠した。仕掛けの位置を調整してから、助手席へと身を乗りだし、タバコとライターをダッシュボードの収納に放り込む。そしてコンパクトミラーを手の中に忍ばせ、光弘さんが戻ってくるのを待った。

やがて、光弘さんの姿が車の間に見えてきた。入れ違いに私は後部座席から外に出て、光弘さんを迎える。

「あ、もう戻ってきちゃったんだ。私も急いで行ってくるね」

「別に、ゆっくりでいいよ」

「そういえば、車の中を見てたら、ダッシュボードの小物入れにタバコとライターが入ってるのを見つけちゃった」

「え？」

「光弘さん、禁煙したって言ってたのに、私に隠れて吸ってたでしょう」

「本当に？　覚えがないな」

「もう、とぼけちゃって。身体に悪いから、吸いすぎには注意ですよ～」

一方的に話を進め、私はもう一度後部座席のドアを開けた。化粧ポーチを取りだすふりをして、コンパクトミラーを開いて後部座席の背に立てかける。光弘さんが運転席に乗り込むのを横目に見ながら、ミラーの角度を調整し、すばやくドアを閉めて車から離れた。

サービスエリアの建物へと向かいながら、ちらりと後ろを振り返る。光弘さんは助手席側へと身を乗りだして、ダッシュボードの収納内を確認していた。今ごろ、見覚えのない新品のタバコとライターがあるのを不審に思っているだろう。

そして、光弘さんはこう考える。

車内にはスプレーのきつい臭いが漂っている。咲奈はわざと密閉された車内で虫よけスプレーを使ったに違いない。俺にライターをいじらせ、火がついた瞬間に車がガス爆発を起こすという算段だろう――と。

「でも、そうじゃないんだよね」

また前を向いて歩きながら、私は歌うように呟いた。

タバコとライターはダミーだ。見覚えのないものを突きつけることで、運転席で一瞬考え込ませること自体が、私の目的なのだから。

コンパクトミラーについている凹面鏡には、光を集める性質がある。夏の日差しに熱された車内で、太陽光が反射した先に、可燃物である紙と花火があったらどうなるか。

答えは、小学生でもわかる。紙の黒い部分が焦《こ》げ始めるまでは、数秒もかからない。それが火薬を発火させ、その火が車内に充満する可燃性ガスに燃え移るまでも。

さあ、そろそろガス爆発の瞬間だ。

私はゆっくりと、後ろを振り向いた。

*

部屋のキーを持ったまま咲奈が一晩中戻らなかったせいで、ほとんど眠れず朝を迎えた。

「お風呂に行こうとしたら、なんだか急に眠くなっちゃって。近くの部屋のドアが開いてたから、ついつい入って寝ちゃったんだよね」

そんな馬鹿なと思いながら、夫としてほっとするふりを貫《つらぬ》くしかなかった。睡眠薬で安眠できたらしい咲奈の顔色は艶々《つやつや》していた。

途中までは抜かりなかったのに……。

三一六号室は俺が旅行前日から取っていた。変装し声色も変えて、だ。部屋のカップに睡眠薬を塗り、変装用具と大型スーツケースをベッドの下に隠した。そして掃除不要を従業員に伝え、密《ひそ》かにホテルを抜けだしたのだ。

昨夜、咲奈とチェックインした俺は前日に受け取っていたカードキーで三一六号室に咲奈を誘導した。

あとは油断して飲み物を口にした咲奈が眠れば勝ちだった。咲奈をスーツケースに詰めて、変装し三一六号室の客としてチェックアウトする。車で山中へ運び、殺して埋めるだけ。埋める場所と絞殺用のロープも準備していた。

ホテルに戻って本来夫婦にあてがわれた部屋で休んでチェックアウト。鍵返却時に妻がいなくてもホテル側は気に留めない。旅行が終わって数日経ってから妻が失踪したと警察に届ければ旅行中のことは疑われない。

ところが。睡眠薬に競《せ》り勝った咲奈の行動力のせいで、計画は脆《もろ》くも崩れ去った。

「あと一歩だったのに。くそっ」

咲奈がコンビニに買い物に行っている間、俺は悔しさをベッドにぶつけた。腹が立つ。

そして眠い。……落ちつけ。まだだ。まだチャンスはある。

眠気に抗《あらが》いながら二日目が始まった。

目的地の石川県までの道のりは順調だった。午前中のうちにサービスエリアに到着して一息つく。眠気覚ましのガムが必要かもしれない、と外に出ようとすると、咲奈がだしぬけに言った。

「なんか、虫に刺されちゃったかも」

二の腕に手をやっている。

「かゆみ止め、買うか？」

「ううん、持ってきてる。こういうこともあろうかと思って」

その口ぶりに頭の中で警戒信号が鳴り始めた。何をする気だ？

「私、塗ってから行くね」あえて一人にさせることで出方を窺うべきかと瞬時に判断する。

「ああ……そうか。じゃあ車の鍵は置いていくよ」

鍵を渡して外に出る。

トイレに行くふりをして駐車場の車列を回り、ミニワゴンの陰から車を観察する。咲奈がスプレーを放出しているのが見えた。腕にではない。車中に散布しているのだ。

「……おいおい。まさか」

冷や汗が出る。スプレーが原因での爆発事故のニュースはたまに耳にするが。白昼堂々、夫を車ごと灰にするつもりか。そんな大胆不敵な奴はやくざ者でもざらにはいない。そのとき、ポケットでスマホが振動した。

梶谷からの電話だ。一度車に背を向けた。

「お疲れさまです。どうかしましたか」

『旅行中ごめんね。ちょっと気になる話があって。一緒に悩んでほしいなって』

と、社長は勝手極まりないことを言う。

「どういったお話で？」

忙しいというのに。

『若宮興業の葵のことで』

意外な話題だ。

通話中の俺のほうに学生風の若者たちが近づいてきた。死角に使っていたミニワゴンの乗員たちのようだ。俺はミニワゴンから離れつつ、急ぎ隣の車の後ろに回る。若者たちの笑い声に、梶谷の声を聞き漏らす。

「すみません、もう一度お願いします」

『だから若宮葵が、生田《いくた》組の下《した》っ端《ぱ》と親しいかもしれないんだって』

「生田組ですか」

生田組は小規模の暴力団だった。しばしば新庄一家と縄張り争いをしていた。新庄一家と違い現役で活動中だが、最近は時世もあって大人しくしている。

「確かなんですか？」

『田之倉が街で見かけたと、騒いでるみたい』

「田之倉は葵に気があるようですからね。本人はなんと？」

『親父さんがそれとなく訊いたが、バイト先の友達と会ってただけだと答えたそうだよ』

「バイト仲間……エステですか」

『そうそう。よく知ってるじゃん、藤堂さん』

「いえ、たまたま……いずれにせよ……」

電話は話半分で、咲奈を窺おうと首を伸ばす。位置的に見えない。

「本当に生田組の人間なのか。田之倉の話だけでは信憑《しんぴょう》性も低いですし」

『だよね。いやー、若宮の親父が律儀に俺に報告してきやがるからさ』

さらに移動し、直線距離に車が見えるポジションを見つけたが、窓の照り返しで車内が見えない。全力を視力に集中した。梶谷の声は右から左へ素通りしていく。

『万が一生田組の男と葵が恋仲とかだったら、とんだロミオとジュリエットだって。解散してるとはいえ、うちに飛び火するかも――』

飛び火、という言葉に反応した。咲奈はスプレーを車内に充満させてしまっただろう。

「火気厳禁だな」

『へっ？』

「こっちの話です」

『え？　上司の電話に集中して？』

「すみません。話は承知しました」

文句を言う梶谷に謝罪しながら電話を切る。申し訳ないが今は信憑性の低い葵のスキャンダルより、冷酷非情な妻への対処だ。

観察を諦《あきら》めて車に戻った。火気厳禁、火気厳禁と心で呟きながら。

「あ、もう戻ってきちゃったんだ。私も急いで行ってくるね」

慌ただしく車から降りた咲奈が言う。後部座席から降りたように見えた。後部にもスプレーを撒いたのだろう。

「別に、ゆっくりでいいよ」

言いながら運転席に入る。

「そういえば、車の中を見てたら、ダッシュボードの小物入れにタバコとライターが入ってるのを見つけちゃった」

火気厳禁！　驚いてダッシュボードを見つめる。咲奈は俺の喫煙を疑い、注意するような猿芝居をしてから外に出ていく。

急ぎダッシュボードを開いた。真新しいライターとタバコがあった。今朝コンビニで買ったのだとピンときた。車内には複数のスプレーが混じりあった匂いが充満している。

どういうつもりなのか。いかにスプレーの可燃性ガスを充満させても火がなければ爆発しない。だから、ライター？　俺がうっかりライターをこすると思っている？

「馬鹿にしすぎだろう」

ドアを少し開けて、空気の循環をする。だがすぐにはスプレーの可燃性ガスはなくならない。いったん外に出るか。んん……。

あくびが出た。昨夜の睡眠不足がたたり、ひどくだるい。気を紛らすために旅行雑誌を読もうとした。が、ダッシュボードの上に置いてあったはずの雑誌はなくなっている。

「あれ？」

助手席にもない。後部座席を見る。ボストンバッグが置いてある。咲奈がバッグに雑誌をしまったのか？　腕を伸ばした。が、やめた。再びあくびが出る。雑誌を探すのも文字を読むのも億劫《おっくう》だ。こんなふうに寝不足で挙動が鈍くなるときに年齢を感じてしまう。

眠るのは危険だが、あまり動きたくなかった。どうせ火がなければ大丈夫だ……。

空いていた隣の駐車スペースに車が滑り込む。家族連れだった。俺と同世代の両親と小学校低学年ぐらいの子どもが二人。双子のようだ。

子どもがいたら、俺たちは何か変わっていただろうか。子どもがいなければ変わらないような夫婦も問題だろうか。ぼんやりまどろみながら眺める。隣の車のドアは開けられたが、何やら兄弟喧嘩が始まってなかなか動かない。片方が泣きだす。するともう片方も泣く。親がなだめる。時間がかかりそうだ。

子育ては大変だ……。瞼が落ちる。まずい。でも火はないし……。眠い。爆発するのに……だから火はないから平気。子どもがさらに泣いている。うん、寝よう。あ。でも戻ってきた咲奈に刺されたら……ドアの……ロックをし……。

ばん、と音がして落ちていた意識が戻る。咲奈が後部座席に頭から飛び込んだ。

「うわっ、え？　咲……」

咲奈は狭い後部座席でガサゴソと激しい動きをし、ドアを開いて何かをばらまいた。悪霊退散！　とでも言いたげにドアを閉めると、身をよじって後部座席に着座し、ボストンバッグを膝に抱える。嵐《あらし》のような一瞬だった。

沈黙が落ちる。咲奈が自然を装い、不自然に笑う。

「………そっか。で……後ろに座るの？」

「……と、トイレ、意外にすいてたな～」

「あっ、うっかり」

同時に、隣の車の家族が降車する。喧嘩を終えたらしい兄弟が、「ねぇ花火落ちてるよ！」「隣のお姉さんが捨てたのかなぁ？」と叫ぶ。咲奈の顔が赤くなる。萎《しお》れるひまわりのように項垂《うなだ》れていく。俺はとっさに車を降りた。後部座席のドアを開ける。

「一体誰だろう、ポイ捨てなんて。うちじゃないけど拾っておこうか！　咲奈」

セリフに反応し、咲奈が無言で降りてくる。

「火がついたら……危ないもんね」

「ああ。危ないから」

「うん」

家族連れに不思議そうに眺められながら、手分けして花火と雑誌を粛々《しゅくしゅく》と拾い集め、何もなかったかのように車に乗り込んだ。


サービスエリアを出てしばらく走り、下道に降りる。道は日本海沿岸になった。市街地はなく、海岸、山道、開けてまた海岸の繰り返しになる。北陸新幹線の線路も近くを縫っていた。

「能登《のと》半島が目的地なんだよね？」

咲奈が言ったので俺は頷く。

「金沢にも寄って観光しよう」

「光弘さん、やっぱりずっと運転は大変じゃない？　交代しようよ」

「ありがとう。そのうち代わってもらうよ」

眠気はサービスエリアに置いてきた。問題はない。何よりまだハンドルを預けられない。

「咲奈。あそこ景色がよさそうだよ」

さりげなさを装って俺は前方の砂浜を示した。日本海の波は荒々しいものの岩がごろごろした岸壁ではない、白いビーチだった。

「ちょっと寄っていかないか」と持ちかける。

「せっかく海に来たのだから」

「そうだね。記念写真を撮りたいかも」

咲奈の答えに満足し、ウィンカーを出す。

車を停めて砂浜に下りる。咲奈が感嘆の声を上げたが、打ち寄せる波の音にかき消された。この雄大な海が咲奈の最後に見た景色になるはずだ。

俺は無言で砂浜へ下り、波打ち際で靴と靴下を脱いだ。熱い砂を踏みつけ、鍛冶《かじ》職人のように海水へ急ぐ。俺の足は鉄ではないのに、別の形に形成される気分になる。

「咲奈もおいで」

振り返って叫んだ。咲奈は風に煽られる髪を押さえながら続き、佇む。

「タオル、持ってきとくか」

返事を待たず車に戻った。タオルを取ってから、咲奈のもとにまっすぐ戻らず、岩陰に走った。二日前に俺が隠していたものは無事にあった。灰色の布を剝がすと現れたのは、インバータ発電機だ。即座に作動させてから咲奈のもとに走った。

咲奈も裸足《はだし》になっていた。俺は咲奈を追い越して波に走り込んで、手で飛沫《しぶき》を立てた。海水をかけられた咲奈が小さな悲鳴を上げて「子どもみたいなことする」と膨れる。

「波打ち際に立ったら波をかけるのは義務だ」

仕方ないなぁという表情をした咲奈が、すばやくかがんでやり返してきた。俺の顔に塩辛い水がかかる。

二人でしばらく、アハハ、うふふ、という吹きだしがつきそうな勢いで、水をかけあった。馬鹿で無垢《むく》なカップルにでもなったかのように、互いに一回ずつしりもちをついた。ともに全身水浸しになる。

思いだしたように咲奈がスマートフォンで俺の写真を撮る。俺も咲奈を撮ってやる。水のかけあいの次は写真の撮りあい。最後は命の奪いあいだ。

「あっちの景色がよさそうだ」

咲奈を手招きして歩き、岩陰に導く。インバータ発電機の稼働音は波音で消されている。

発電機には携帯充電器のコードを繋いでいた。コードの一部分は外皮を剝がし、電線をむきだしにしてある。コードは砂で隠してあるが、仕掛けた俺は場所を覚えている。

むきだしの電線を咲奈に踏ませる。すると素足で、海水に濡れた咲奈の身体を電流が貫く。そう。感電死だ。

離れた位置に海水浴客がちらほらと見えた。目撃してくれたら好都合だ。「奥さんはひとりで倒れた」と証言してくれるだろう。

俺は電線を跨《また》いだ。

「待って光弘さん」

咲奈が電線に近づいてくる。あと六歩、五歩、四歩。痺れる数秒だ。電流だけに。

「ここからの位置がいい」

視線を逸らして海岸線を見た。

＊

ふと、足を止める。

波打ち際を眺めている光弘さんの後ろ姿に、なつかしさのようなものを感じた。

「どうした」

しばらくして光弘さんが振り向き、焦《じ》れた口調で尋ねてくる。直感の正体がわかり、私はふふと笑い声を漏らした。

「出会ったときのこと、思いだしちゃった」

「え？」

光弘さんが驚いた顔をする。それもそうだ。過去の思い出話なんて、お互いがお互いを殺そうとしているときにすることではない。

「私が大学時代の友達と海辺でビーチバレーをしてたら、ボールが風で飛ばされちゃって。波にさらわれたビーチボールを、たまたま近くにいた光弘さんが取りに行ってくれたんだよね」

「ああ、そうだったな」

光弘さんが顎を触りながら地面へと目をやる。「けっこう沖合まで流されてたから、女子だけで取りに行くのは大変だろうと思ったんだ」

「海に入っていくその背中がね、たくましくて、かっこよくて。それで、急いでビーチボールを受け取りに行ったんだ。他の友達に先を越されないように」

「で、俺が咲奈に運命を感じて、無理やりビーチバレーの仲間に入れてもらったんだったな。一緒に来てた仕事仲間のことはすっかり忘れてさ」

「ね。楽しかったよね」

「最後に連絡先を聞きだすのに成功したときは内心跳び上がった」

「光弘さんはそう言ってくれるけど、一目惚《ひとめぼ》れしたのは私のほうが先だったんだよ」

劇的な出会いだったと思う。こんなときでも、こうやってしみじみと振り返ってしまうくらいには。湘南《しょうなん》の海で出会ったから、光弘さんがプロポーズに選んだ場所も、江ノ島の展望台だった。

あの出会いからもう五年ほど経つ。結婚してからは三年。喧嘩さえしたことのない「お似合いの二人」が、今や虎視眈々《こしたんたん》と相手の隙を窺って殺しあいをする関係になっているなど、誰が想像できただろう。

サービスエリアでの私の計画が成功していれば、こうやってまた二人で海辺に立つこともなかったのかな——と、光弘さんの横顔を眺める。

あのタイミングで、隣に子ども連れの家族が車を停めるなんて予想していなかった。

瑞希さんのお店に嫌がらせをしたり、遺産目当てで私を殺そうとしたりしている光弘さんにはぜひ地獄に行ってもらいたい。けれど、そのために罪のない子どもを巻き添えにするなんてことは絶対に嫌だった。

だから爆破計画は中止せざるをえなかった。光弘さんの悪運の強さには改めて殺意がわく。

そして今、形勢は逆転していた。わざわざこの海辺に連れてきたということは、光弘さんにも何か策があるはずだ。よりにもよって、周りには他の観光客からの視界を一部遮《さえぎ》るような、大きな岩が点在している。

光弘さんは視線を逸らしたまま、なかなか私を見ようとしなかった。

やっぱり、なんだか怪しい。

早く向こうの作戦を見破らなくては。

揺さぶりをかけようと、私は思いつきで始めた昔語りを続行した。冗談っぽい口調を装って、光弘さんの声真似をする。

「『今度一緒に鎌倉《かまくら》でも行こうよ。紫陽花《あじさい》とか紅葉が有名だよな』」

「あ、あのときの俺の誘い文句」

「びっくりしたんだよ。その時点で真夏なのに、六月や十一月の話をするんだもん。『おまえとデートなんかするつもりはない』って遠回しに言われてるのかと思った」

「咲奈みたいな育ちがよさそうな女子と初めて喋ったから、気が動転してただけだよ。咲奈と行くなら鎌倉だと思ったんだ」

「初デート、結局あのあとすぐに行ったよね。鎌倉、暑かったなぁ」

小町《こまち》通りを歩いたときのことを思いだす。休日の鎌倉はとても混《こ》んでいて、くっついていないとはぐれてしまいそうだった。

「こんなふうに、腕を組んで歩いたっけ」

一歩足を前に踏みだし、鎌倉観光をしたときのことをイメージしながら、光弘さんの腕に手を伸ばした。

その瞬間、光弘さんが毛を逆立て、幽霊でも見たかのような勢いで私から飛《と》び退《の》いた。

「ちょ、ちょっと、やめろよ」

私はぽかんとして、慌てている光弘さんを見つめた。

光弘さんは、私を初めて鎌倉に誘ったとき以上に気が動転している様子だった。目を泳がせ、私の足元をちらりと確認している。

……ん？

自分の濡れた手を見やり、それから地面へと視線を落とす。注意深く観察すると、砂の中から電気コードのようなものが飛び出ているのが見えた。

スマートフォンの充電器だ。コードの外皮がむけていて、中の金属部分が見えている。

足元に仕掛けられた非絶縁状態の充電ケーブル。

海水で濡れた私に触れるのを極度に怖がる光弘さん。

その関係を理解するまでに、ほとんど時間はかからなかった。

――感電。

ぶるりと身体を震わす。あともう一歩足を踏みだしていたら、光弘さんの勝ちが決まっていた。やっぱり光弘さんは、ホテルだけでなくこの海岸にも足を運んで、事前に罠を仕掛けていたのだ。

「せっかくの新婚旅行だし、たまには手を繋いで歩きたいなぁ」

「えっ……手を？」

「あっちにいる人たちに届くくらい、幸せオーラを振り撒いてみるのはどう？」

仕返しのつもりで、にっこりと微笑みながら手を差しだす。光弘さんは目を白黒させてから、慎重に充電コードを跨ぎ、こちら側へと戻ってきた。

突然押されて充電コードを踏みつけることがないよう、彼の大きな手をしっかり握る。光弘さんの身体に触れている限り、私が一人で感電死させられる可能性はゼロだ。

「……そろそろ、車に戻るか」

私に捕まった光弘さんが、観念したように提案した。

「うん」

いったん危険は回避したけれど、まだまだ油断はできない。人目のないところに連れていかれたが最後、力で太刀打ちできない私が劣勢になることは目に見えている。

それまでに――なんとか、光弘さんに死んでもらわなくては。

「ねえ、眠そうだよ。そろそろ、私が運転しようか」

「いいよ。ここから先は危ない道が多いんだ。ペーパードライバーに運転させて、気がついたらガードレールを突き破って海の中、なんてのは御免だからな」

「ひどいなぁ。私、どちらかというと安全運転すぎるタイプだよ。スピードがなかなか出せなくて」

「それはそれでよくない。ここらは追い越し禁止の片側一車線だから、後ろから車が来たときに迷惑がかかるだろう」

「でも、さっきから車なんて一台も通らないのに」

不安になって、後ろを見やる。やっぱり、車はまったく見えなかった。

右側には切り立つ崖、左側にははるか下のほうにちらりと見える海。そんな人気《ひとけ》のない道路を、光弘さんはすいすい運転していく。

光弘さんの運転は、さっきからなんだかおかしかった。いったん高速に乗ったのに、サービスエリアに一度寄った後、すぐに下道に降りて海沿いの道を引き返し始めたのだ。トイレ休憩中にスマートフォンで調べて、とっておきの断崖絶壁でも見つけたのかもしれない。「メジャーな観光地ではないけど、絶景が見られる穴場スポットがあるらしい」などとうそぶいていた光弘さんが目指している場所は、すぐそこだろう。

時間が、ない。

私はだんだんと焦り始めた。マフラー閉塞《へいそく》による一酸化炭素中毒計画も、可燃性ガスと拡大鏡の仕掛けによる車爆破計画も失敗に終わった今、私に次の手は残されていない。かといって、このままグズグズしていたら、力の強い光弘さんに崖から無理やり突き落とされて、日本海の藻屑《もくず》となってしまう。

私が光弘さんを先に殺れるとすれば——やはり、目的地に到着する前まで、か。

覚悟を決めた。

もう、強硬手段に出るしかない。

そして、頭の中であるシナリオを描く。

『防護壁に激突して三十代男性死亡　運転ミスか』

　うん、見出しはこんな感じかな。

『二十日午後、新潟県内の海沿いの道をドライブしていた車が、道路を外れて防護壁に衝突し、運転していた藤堂光弘さん（35）が死亡した。助手席に乗っていた妻（28）は軽傷。現場は切り立つ崖と海に挟まれた片側一車線道路で、小動物が飛びだしたことに驚いた光弘さんが誤って山側にハンドルを切ったことが原因と見られている。死亡した光弘さんの首にシートベルトが絡まっていたことから、事故の衝撃でシートベルトが外れ、窒息死を引き起こした可能性もあると見て県警は捜査を進めている』

　これだ。運転席側には、ちょうどコンクリートの防護壁で覆われた崖がそびえている。いい、いい、この車の片側だけがぶつかったら、運転席にいる光弘さんはひとたまりもない。

　頭の中で何度かシミュレーションをする。

　そして、私は動いた。

　運転席に身を乗りだす。

　右手で光弘さんのシートベルトを外しながら、左手をハンドルへとやる。

　そして、思いきり力をこめて、ハンドルをぐいと右方向へ回す。

「おい！　何するんだ！」

　車体が横に振られ、視界がぐらりと揺れた。

ものすごい勢いで、光弘さんの向こうに防護壁が迫ってくる。

衝突の直前、私はハンドルから手を離し、助手席で身を硬くして顔を覆った。

＊

ハンドルが押しやられ、車体が右に煽られた。突風にさらわれるように対向車線を越える。

「くそっ」

瞬時にブレーキを踏み、ハンドルを左に切り返した。崖壁に運転席側のドアミラーが接触し、落雷のような音と共に吹っ飛んだ。が、どうにか持ち直す。

「何をっ……」

助手席に向き直る。スプレーを構える咲奈が見えた刹那、冷気を顔面に噴射された。

「うっ……」

視界を奪われた俺の身体に、咲奈がのしかかるのがわかった。ブレーキにかかった足を力任せに外される。車が進みだす。

「よせ！」

手探りで咲奈の襟首を掴み、助手席側に引き剝がす。小さな悲鳴が上がる。同時にガン、と衝撃を受け頭に痛みが走った。ブレーキを踏む。が、止まらない。
目を開く。ぼやけた目でまず運転席の窓のひび割れを確認、続けてブレーキペダルにサンダルが挟んであることに気づく。道はカーブが続く。運転席側の崖壁はまだまだ長い。

再び咲奈の手がスプレーを向けてくる。左手の手刀でスプレーを払い落とし、そのまま手首を摑んで関節を極《き》めた。

「いたっ」

振りほどこうともがいても、無駄な抵抗だ。視力が回復してくる。右手でハンドルを操作し、ブレーキペダルにはまったサンダルを外そうと必死に蹴る。

不意に左手ががくんと落ちた。咲奈が助手席をリクライニングさせている。拘束力が落ちた俺の手にシートベルトを絡める。俺の動きが鈍ると、咲奈の手がハンドルを押しやった。

舌打ちしてから前方に向き直って血の気が引く。カーブの先から対向車が現れていた。瞬時にハンドルを左へと切る。助手席側のボディがガードレールにこすれるのも構わず、ぎりぎりですれ違った。けたたましいクラクションを鳴らされた。

ほどなくガードレールが途切れる場所があった。迷わず左折して、その道を突き進む。助手席の咲奈の身体が上下に弾み、俺の左腕も引っ張られる。舗装はされていない激しい凸凹の道だった。そして先は長くなかった。すぐに終わりが見える。……崖だ。

落下する！

力任せに左腕を、咲奈とシートベルトごと引き寄せた。左手でハンドルを握ってかがみ、右手でサンダルを外す。全力でブレーキを踏む。スローモーションで崖が迫る。フロントガラスから道が見えなくなったところで、車体は止まった。すぐさまサイドブレーキを引き、エンジンを切る。

停車した車の前輪は崖っぷちにあった。ボンネットの先端が日本海の荒波に繋がって見える。

波音と二人分の乱れた呼吸音だけが耳に入る。額に手を当てる。ガラスで切れて出血していたが、かすり傷程度だった。

アハハハ、という咲奈の笑い声が沈黙を破る。助手席は傾いたままで、咲奈は顔を手で覆っていた。

「運転技術もすごいんだね、光弘さん。……惚れ直しちゃいそう」

「皮肉はやめろ」

俺は低く強く言った。咲奈は溜め息をついてリクライニングを戻した。妙に澄んだ目で海を見下ろして言う。

「いいよ」

「何がいいんだ？」

「私を殺してここから捨てれば？」

無言で妻の横顔を見返した。

もはや茶番は終わっていた。互いの殺意に気づきながら、気づかないふりを貫く理由はなくなったのだ。

感電死が失敗し、「人気のない崖から突き落とす」という最終手段を考えていた。咲奈が車内で暴れるまでは。偶然にも理想的な場所に着いた。今、咲奈は無防備だった。武器らしいものは持っていない。走行中に事故を起こさせるという危険なカードは最後の手段だったはずだ。ここで殺しにかかれば、事はたやすい。崖の周囲に目撃者もいない。

「降参するよ。私」

言葉とは裏腹に無念が感じられなかった。

「その代わり光弘さんが欲しがってるものは、手に入らないからね」

「なんだって？」

「渡さないから」

今度は俺が笑ってしまう番だった。俺が欲しがっているもの？　それは幸せな夫婦生活だった。先にぶち壊したのは咲奈じゃないか。

俺もフロントガラスに縁どられた海を、水平線を見やった。あの日、自分の過去を忘れるほどの恋をした日に追いかけた、ビーチボールの幻影が見えた気がした。透明な空気を詰めた薄い皮膜の球体が、遠く、遠くへ、波に連れ去られていく。

「まさか俺が欲しがってるのは『私の心』とでも思ってるのか」

「……え？」

軽蔑《けいべつ》するまなざしを咲奈が向けてくる。俺も侮蔑《ぶべつ》をこめて言った。

「だとしたら今更欲しくもない」

他の男に渡してしまったものを、今更。

咲奈は呆れた顔になった。息苦しさを感じ、俺は車を降りる。一気に波音と風が強まる。車体には思った以上に傷がついていた。咲奈も俺に続いて車外に降り立った。

「教えて。最初に私を憎んだのは、夫としてのプライドを傷つけられたからなの？　そんなに怒らせた？」

「怒った？　とんでもない。悲しかったんだよ。咲奈の裏切りが」

「裏切り。私を悪者にするんだね。光弘さんにとって、私は理想の妻だったはずだよ。努力をしてた。一度だって悲しませなかったはず」

「だから俺がいないところでは息抜きが必要だったってことか」

「そう」強く頷いて咲奈が挑戦的に言う。「自分の全部を見せて、受け入れてもらえるとは思えなかったから、秘密にしていたの」

「面《つら》の皮が厚いな」

不倫を息抜きと表現し、夫に受け入れられないことが悲劇であるかのように言う神経が理解不能だ。

咲奈の声音が眼下の波のように荒くなる。

「厚顔無恥なのは光弘さんでしょう。私に理想を押しつけてつまらない嫌がらせをして、挙げ句、自分の欲望のために殺そうとするなんて。私が抱えているのは私だけで作り上げたものじゃない！ 共同作業で、時間をかけて、大切に作り上げた財産なの」

その剣幕に、ただただ悲しくなる。明石のことで頭の中はいっぱいで、永遠の誓いを交わしたはずの夫を完全に敵とみなしている。わかってはいたが、こうも明石しか見えなくなっている妻の姿には複雑な失望感を覚えた。若い男に惚れ込む女性が悪いとは思わない。だが咲奈が、男との恋情で我を忘れてしまっている姿は見ていられなかった。

「そんな女だったのか」

言葉が自然にこぼれ落ちた。少し涙声になった。咲奈は笑った。

「ずっと私はこんな女でしたよ。藤堂さん。残念でしたね。だから早くあなたの知らない女を殺してください」

俺は微動だにしない咲奈に歩み寄り手を伸ばした。妻の細い首に手をかけた。波音が遠ざかり、咲奈の顔が滲む。滲むのに妻が笑っていることはわかる。どこか誇らしげに。

男のために戦い、死ねるのが本望なのか。まるで仁俠《にんきょう》映画だな。

指は咲奈の肌に吸いつく。力をこめる。

「もうおまえは妻じゃない」

「金に目がくらんで人を殺す夫なんて、願い下げです」

咲奈は目を閉じた。俺の指が自動的に止まった。

「……金？　金ってなんだ」

「私の、財産」

あまりに唐突に出てきた単語だった。束の間、明石の呼び名が「ザイさん」なのかと思った。だがすぐに「財産」に変換する。

「……財産というのは、貯め込んだ金のことか？」

「当たり前でしょう」

「金ってなんだ？」

「財産！　え？　ふざけてる？　堂々巡り？」

咲奈が目を開いて睨みつける。首に回した俺の手に爪を立てて叫んだ。

「一思いに殺せばいいって言ってるの。私たちが作ったシエルブルーは、あなたなんかの手に入らない。頼もしい仲間がいるんだから。明石くんも、瑞希さんも、スタッフたちみんなが私の遺志を継いで、守ってくれるんだから！」

ほぼ意味がわからなかったが、シエルブルーにだけ聞き覚えがあった。若宮葵がバイトをしているエステサロンだ。

以前、梶谷と若宮興業に出向いた日、喋り好きな葵に聞かされたのだ。「バイト頑張ってるよ、褒めて」と謎のアピールをされた。挙げ句「藤堂さんもエステ行ったら？　男性も利用者多いんだよ」とすすめられもした。

一応会社のパソコンでシエルブルーを検索したが、漫然と眺めるだけで終わった。あれはパンプス作戦が失敗した直後だったか。

「シエルブルーがなんだって？」

殺される状況に至って、咲奈が錯乱してしまったのではないか、と疑い、手を離していた。

「どういうことだ？　私たちが作ったって、社長じゃあるまいし」

＊

はるか下のほうで、荒波が岩壁にぶつかる音がした。その飛沫が、崖の上まで飛んでくる。塩辛い風に、私は声を乗せた。

「何とぼけてるの？」

光弘さんの身体を突き放して距離を取る。

「知ってるから、殺そうとしてたんでしょう。私が、株式会社エステティック・シエルブルーの代表取締役社長だってこと。私が死ねば、会社の株も含めて十数億の遺産が手に入るはずだってこと」

「……え？」

「でも、残念でした。もう遺言状は作ってあるの。ここで私を殺しても、光弘さんの思いどおりにはならないから」

「ちょ、待て待て咲奈……さっきの事故の衝撃で頭をやられたか？」

「この期に及んでふざけないでよ！」

波の音に負けないように叫ぶ。しかし、光弘さんはさっきまでの殺意のこもった表情とは打って変わって、ひどく慌てた顔をした。

「そうじゃなくてさ。十数億ってどういうことだよ。正気か？」

「株のデイトレードで当てたの。秘密にしていた私の趣味。そのくらい調べがついてるでしょう」

「デ、デイトレード？」

光弘さんは目をぱちくりさせている。

「だだだって咲奈は、パソコンも持ってないのに」

「今はスマホアプリでもできるんだよ。最近は取引額も大きいから、さすがに社のパソコ

暗記してるとかじゃないよな」
「社のパソコン……」光弘さんが呆然とオウム返しした。「どっかのドラマのセリフを丸
ンを使ってるけど」

「え？　何？　本気で言ってる？」

今度は私が目を瞬く番だった。

光弘さんは、莫大な資産を持つ女社長という私の裏の顔を知らなかった？

だったら、どうして私のことを殺そうとしているのだ。

「社のパソコンっていうけどさ、いつ会社に行ってたんだよ。専業主婦とはいえ、ふだんは忙しいだろ。毎日あれだけ完璧に家事をこなしてるんだから」

突然褒められ、さらに動揺する。これも何かの罠？

「全部知ってるくせに。仕事を抜けだして、私の行動を見張ってたんでしょ。だから、私がこっそり瑞希さんのお店で働いてることに気がついたんでしょ」

「瑞希さんって、ご近所の黒沢瑞希さん？」

「そうだよ。シエルブルー一号店が瑞希さんのお店だって、わかってなかったの？　そっか、だからあんなにひどいことができたんだね」

「……ひどいことって？」

「私が大人しく家に閉じこもって、古きよき専業主婦であろうとしていないからって……

妻が息抜き代わりに仕事をするのが気に入らないからって、たったそれだけの理由で瑞希さんのお店を潰そうとしたじゃない！」

「いやいや、店を潰そうとしたとかなんとか、言ってることが全然わからないぞ」

「しらばっくれないで！」

「本当に覚えがないんだって！」

光弘さんが首を左右にぶんぶん振った。

「そもそも咲奈は、主婦で、社長で、デイトレーダーで、さらにエステ店でパートまでしてたのか？」

「そうだよ。って、ええっ」私はしばし絶句する。「もしかして、私が瑞希さんのお店を手伝ってたことも知らなかったの？」

「初耳だ。何もかもが初耳」

私はもう一歩後ろに下がり、光弘さんの顔をじっくりと観察した。三年間の結婚生活で培った妻の勘によると――光弘さんは、嘘をついていない。

「……でも、瑞希さんのお店に若宮葵を送り込んだのは、光弘さんなんだよね」

「俺が送り込んだ？　まさか。本人から、バイトしてるって話をちらっと聞かされただけだよ。あいつ、上手くやってたか」

「皮肉のつもり？」

頭に来て、私は思わず光弘さんに詰め寄った。「若宮葵のせいで、瑞希さんがどれだけ苦しんでると思ってるの！」

若宮葵が、不良仲間とともに意図的にシエルブルー一号店の営業妨害をしていることをぶちまける。光弘さんは「嘘だろ……」と呆気に取られた顔をした。

「知らなかったなんて言わせないよ。だって、明石くんが光弘さんの名刺を持ってたもの」

「俺の名刺？」

「そう。若宮葵はランカージョブ経由でシエルブルーに入ってきた派遣社員だ、って言ってた。その営業担当者が光弘さんだった、って」

「いや、それは違う」

光弘さんは即座に否定した。冷静な口調で、明石くんと自分の関係について語る。ランカージョブの社員からの紹介で一度だけ会ったことがあり、その際に名刺交換をした。たまたま直近で会計事務所に事務員を派遣する計画を考えていたため、公認会計士の資格を持つ明石くんからいろいろと情報を聞きだした。

「直接の営業担当じゃなくて、情報源として利用しただけ。俺はシエルブルーに営業をかけたことなんかない」

理路整然とした説明を聞いて、私の頭はこんがらかり始める。

ということは、若宮葵を派遣してシエルブルーを壊滅させようとしたのがランカージョブの藤堂光弘だというのは、単なる明石くんの勘違い？

いや、でも——。

「騙されないよ。私、見ちゃったんだから。光弘さんが、会社を抜けだして怪しい事務所に出入りしていたところ。若宮興業って、あれ、暴力団でしょう。若宮葵はそこの娘なんでしょう。ダメだよ、あんな人たちとつきあっちゃ」

その瞬間、目の前に佇む光弘さんの顔色が変わった。

ふざけるな、と吠《ほ》える声が、崖の上に響き渡った。


三年間の結婚生活で、光弘さんが声を荒らげたことなど、一度もなかった。

一度怒鳴った後、光弘さんは握った拳をぶるぶると震わせ、しばらく黙っていた。ふつふつとわき上がる怒りをこらえているようだった。

私が何か、言ってはいけないことを口に出してしまったのかもしれない。だけど、何がまずかったのかはわからなかった。

「エステ店に関しては完全にとばっちりだ。若宮葵のバイトの件にも、俺は一切かかわっていない」

光弘さんが静かに首を横に振った。冷静になろうと努めているようだけれど、その声には徐々に力がこもる。

「ああ、そうだよな。わかってる。咲奈が俺のことを邪魔に思うようになった一番の原因は、怖くなったからなんだろう？」

怖くなった？　私を家に縛りつけようとする光弘さんの執念が？

でも、それは事実ではないと光弘さん自身がさっき否定していなかったっけ。

「確かに、俺と咲奈は釣りあわないよ。咲奈は静岡の良家の娘。……対する俺は、シンジョーイッカのモトクミーンだ」

シンジョーイッカのモトクミーン？

さっぱり意味がわからなかった。外国の地名か何かだろうか。でもおかしい。光弘さんは東京の下町の生まれだと言っていたような気がする。両親には先立たれたと聞いていたけれど、それくらいで「釣りあわない」などという言葉が出るはずもない。

「俺がクミーンだった過去を隠して結婚したことが、許せなかったんだろう？　でも、だからって殺そうとするのはひどい。クミーンだって人間なんだぞ。裏切りを働いたおまえより、ただクミーンだったというだけの俺のほうが悪いのか？」

光弘さんは時おり歯を食いしばり、悔しそうな表情を見せながら語った。

「俺は咲奈のことが好きだった。大好きだった。だからこそ、自分がモトクミーンだという秘密を明かしたくなかった。とはいえ、いつまでも隠し続けるのも不誠実だ。だからいつか打ち明けようと心に決めていた。そのために、不法行為には決して手を染めず、まっとうなやり方で自分や仲間のモトクミーンたちの生きる道を模索しようと、ずっと努力していたんだ。咲奈に見合う夫になるために」

「待って」

クミーン、モトクミーンと聞こえていたカタカナ語が、突如脳内で漢字に変換された。

——組員。元組員。

「光弘さんって、や、やくざだったの？」

素っ頓狂な声を上げてしまった。

熱っぽく語っていた光弘さんが、ぽかんと口を半開きにする。

「な、なんだその新鮮な反応は。まるで今初めて知ったみたいじゃないか」

「今初めて知ったもの」

「は？」

「寝耳に水！」

日本海の荒波が打ち寄せる名もなき崖にふさわしくない、甲高い声の応酬が続く。

「そ、それならどうして俺のことを殺そうとしていたんだ」

「光弘さんが若宮葵を使ってシエルブルーを潰そうとしたと思ったから。あと、途中からは、遺産を狙われていると勘違いしてたから」

「え？」

きょとんとする光弘さんのことを、一歩下がって眺める。引き締まった身体。強面といわれれば、もしかするとそういえなくもないかもしれない精悍《せいかん》な顔つき。階段上部念入りワックスがけ転倒誘発計画のときに見せた、スタントマンのような運動神経。

思い当たることは他にもあった。光弘さんと出会ってからのことを振り返りながら、そっと小さな声で呟く。

「どうりで、あんまり家族や生い立ちのことを教えてくれなかったんだね」

光弘さんは、不法行為に手を染めず、まっとうなやり方を模索していたと話した。

その言葉は本当なのだろう。三年間同じ家で過ごしてきたのだから、光弘さんの言葉の真偽くらいはわかる。

「びっくりしたけど、少し納得したかも」

そう言うと、光弘さんは双眸を見開いた。

「……軽蔑しないのか」

「しないよ。光弘さんがさっき言ったことが真実なら」

「咲奈……」

「ごめんね。『あんな人たち』なんて一括《ひとくく》りにして」

先ほど光弘さんが烈火のごとく怒った理由がようやくわかった。人を出自で差別したように聞こえたのだろう。

――咲奈に見合う夫になるために。

先ほどの光弘さんのセリフが、私の耳元で熱っぽく反響する。

「あ！　だからって、あのとんでもない裏切りは帳消しにならないからな」

突如、光弘さんの声に憤怒《ふんぬ》の色が戻った。

私は驚いて一歩後ずさる。あんまり下がりすぎると、そのまま海に真っ逆さまだ。

「咲奈は、俺の妻として絶対にやってはいけないことをした」

「……主婦業に専念しなかったこと？」

「いや待てそうじゃない。というか俺はもともと共働き賛成派だ」

「え、そうだったの？」

いい加減頭が痛くなってきた。何がなんだかよくわからない。

「もっと、なんというか……程度が重いというか……夫婦の仲を決定的に壊すような裏切りというか……」

光弘さんがなぜか言いにくそうにする。「フリンだよっ」と彼は忌々《いまいま》しそうに吐き捨てた。

「フリン？　え？　……えっ、ふ、不倫？」

「ああ。俺が咲奈を殺そうと思った大本の原因はそれなんだよ。憎かったんだ。俺は妻を愛していて、妻のために変わろうとしていたのに、鬼の居ぬ間に洗濯とばかりに――」

「不倫って、誰が？」

「しらばっくれるな。咲奈だよ」

「……誰と？」

「会計士の明石勇太だ。さっき自分で名前を出してたろ」

呆気に取られて口を半開きにしてしまった。慌てて口元を押さえ、「どうしてそう思ったの」と慌てて問いかける。光弘さんは、見たことないくらい怖い目をしていた。

「会社の同僚の目撃証言があったんだ。咲奈が二十代の男と親しげに話しながら銀座を歩いてたってな」

「銀座？」

私は首を傾げた。しばらくして、そんなことが確かに最近あったなと思いだす。

「言い逃れはできないぞ。おまえの持ち物に、銀座の英会話教室の宣伝が入ったポケットティッシュがあったのも確認済みだ」

「うん、そうだね。明石くんと、この間銀座に行ったよ」

「とうとう認めたか」光弘さんが目の奥を爛々と輝かせた。

「もちろん仕事でね。明石くんはうちの敏腕副社長だから。今度新しい店舗を銀座に出すから、その下見に行ったの」

「副社長？　……下見？」

「ポケットティッシュは、確かそのときに明石くんがもらったんじゃなかったかな。それで、私にくれたの」

「咲奈は嘘をつくのが上手いな」

「嘘じゃないってば」

「じゃあ、マンションの件はどうなんだ。明石勇太と咲奈が二人で高級マンションに入っていく現場は押さえてるんだぞ」

ああ、あれね、と私は頷く。

「あそこが会社なの」

「へ？」

「正確に言えば、会社で使用してるワーキングスペースかな。本社がある都心まで毎日行くわけにはいかないから、明石くんにお願いして、社長室代わりに部屋を借りてもらったんだ」

社長室、と書かれた白いプレートを思いだす。何もないとただのベッドルームにしか見えないから、と明石くんがわざわざ部屋のドアに取り付けてくれたものだ。

私は仕事をするとき、いつも隣町のマンションに出勤する。本社とやりとりしなければならないときは、テレビ会議システムを使う。とはいっても、大抵のことは、私のいる社長室と都内にある本社を適宜往復している明石くんが調整してくれる。

ちなみに、社長室にデイトレード用のマルチディスプレイまで完備してしまったのは、明石くん以外の社員には内緒だ。

「で、でも、不倫の証拠は他にも山ほどあったぞ。最近、高価な香水やアクセサリーをつけていたじゃないか」

「あれは、株で儲けたお金で買ったの。ちょっとくらい自分のために贅沢《ぜいたく》してもいいかなって」

光弘さんがペンハリガンの香水やカルティエのネックレスに気づいていたとは——と驚いてから、ふとひらめく。

あ、そうか。やくざは、ブランド物や貴金属類にけっこう詳しいのかもしれない。

「化粧品だって前とは変わってた」

「それはうちのエステティックサロンで販売してるもののサンプル品」

「ううむ、なるほど」

光弘さんは腕を組み、首を傾げた。

「とすると、明石勇太のことを咲奈が『パートナー』と言ったのは、仕事上の？」

「そう」

「……だよな、社長と副社長だもんな。おかしい、すべてが繋がるぞ……」

私たちは、無言のまま水平線へと目をやった。ゴウッ、という音とともに、また波飛沫が高くはね上がる。

どれくらい時間が経っただろう。

先に口を開いたのは私だった。

「ちょっと整理してみようか」

ついつい会議中のような口調になりながら、私は顎に手を当てて曇り空を見上げる。

「私は、光弘さんがシエルブルーを潰そうとしていると勘違いして、光弘さんに殺意を抱いた。さらに、光弘さんが私を殺そうとしているのは、私が有名企業の社長かつデイトレーダーだということがバレて、遺産を狙われているからだと思い込んだ」

「俺は、咲奈が明石と不倫をしていると勘違いして、咲奈を殺そうとした。咲奈が俺の殺害を企んでいるのは、俺が元やくざということがバレて、身の危険を感じたからだと思い込んだ」

「殺意の原因が、全部勘違い……」

「じゃあ今までの殺しあいはなんだったんだ」

光弘さんが頭を抱える。私も呆然として、光弘さんに歩み寄った。

「くそっ、どうしてこんな崖の上まで来てしまったんだ。ごめんな、咲奈。そうだ、首！大丈夫だったか」

「うん、平気。私も、光弘さんの手、ひっかいちゃったかも」

「全然問題ないよ」

ぎこちなく互いのことを心配しあう。なんだか胸がドキドキした。海辺で初めて出会ったときのような緊張感が蘇る。

「でも……なんだか、腑《ふ》に落ちないよな」

しばらく経って、光弘さんがぽつりと呟いた。

その気持ちは、私も同じだった。

いくらなんでも、こんな盛大な勘違いを、お互いが都合よくするものだろうか？

違和感の一端を見つけたような気がして、私はとっさに口を開いた。

「そうだ、光弘さん」

「私が銀座を男の人と歩いてたって、誰から聞いたの？」

「野中っていう三十代の女性社員だ」

「私が明石くんと新店舗の下見に行ったのは平日の昼だよ。その人は、仕事でよく銀座に出かけることがある？」

「……どうだろう」光弘さんが詰まる。「経理担当だから、日中は会社からほとんど出ていない、ような気もする。多少距離があるから、ランチに行くこともないだろうし」

「銀座の英会話教室のポケットティッシュをくれたのは、明石くん……」

目を伏せて呟く。光弘さんの会社の野中さん。私の側近である副社長の明石くん。私は懸命に頭を整理しようと努めた。

「そういえば明石くん、最近ちょっと変だった。仕事中に肩を触ってきたり、やけに二人で外を出歩こうとしたり。二人でマンションに入っていくことが最近多かったのも、明石くんの提案で、外で食事をしながら仕事の打ちあわせをすることが多かったからだよ」

私が言おうとしていることにようやく気がついたのか、光弘さんが眉をぴくりと動かした。

「そういえば、明石が言ったんだよな。シエルブルーに若宮葵を送り込んだのはランカージョブの藤堂だって」

「そうだよ」

「あいつ、どうして俺が若宮興業の娘と繋がっていることを知ってたんだろう」

「あっ」私は息を呑む。「それは、確かに」

「若宮葵の発言も気になる。この間話したとき、焼き肉を奢ってくれないんだったらもう、藤堂さんの会社の悪さは手伝わない、みたいなことを言われたんだ」

「悪さって……シエルブルーへの嫌がらせのこと？」

「だとしたら、葵はやはり俺の勧めるランカージョブから依頼を受けていたことになる」

しかもだ、と光弘さんは眉を寄せた。

「その若宮葵には、バイト先のエステ店で生田組の下っ端とつるんでいるという噂が」

「生田組？」

「俺たち新庄一家の敵対勢力だ」

「それって」

若宮葵と一緒に店の営業妨害をしていた不良たちを思いだし、背筋が凍った。

光弘さんはいっそう顔をしかめ、低い声で言った。

「今思えば、他にも変なことがある。咲奈に睡眠薬を飲ませて殺し、山奥に埋めるという計画を思いついたのは、日本では年間八万人以上の人が失踪しているという話を聞いたからなんだ。もし事件に巻き込まれていても、周りが捜そうとしなければ消えてしまう――と、わざわざ俺に言ったんだよ。あの、野中が」

それなら私にも心当たりはあった。

「私も、暴漢に侵入されたと見せかけて光弘さんを刺し殺そうとしたことがあったの。そうしたら逮捕されないだろうから、って。その作戦は、ニュースを見て思いついたことだったんだよ。私じゃなくて、明石くんが」

「あの日、偶然強盗が入ったよな」

思わず顔を見合わせた。二人して蒼白になる。

「おい咲奈、さっき、俺が咲奈を殺しても遺産は俺に入らないって言ってたよな」

「そうだよ。遺言状を書いたから」

「もしかして、指定した相続先は――会社か？」

私は無言で頷いた。そして、この間の明石くんの言葉を思いだす。

――そんな有名企業の社長なのに役員報酬さえもらわないなんて、咲奈さんは欲がないなぁ。僕だったら、年間数億円の報酬をもらって、六本木の高級マンションに住むけど。

光弘さんが、私の腕を掴んだ。

「咲奈、帰ろう」

「うん！」

崖の上を走り、車に飛び乗る。

ボロボロになった車は、ものすごいスピードで、元来た道を引き返し始めた。

＊

崖の上で一つ一つ明らかになった事実に俺は驚愕するばかりだった。咲奈がシエルブルーの代表取締役社長で、十数億の資産を持っていると聞いて唖然とし、互いの殺意の原因が誤解だったと知って慄然《りつぜん》とした。夫婦揃って架空の動機を信じ込んで、やれトリカブトやら電流やらと仕掛けあっていたのだ。

「明石と野中が共謀して俺たちを罠にはめた。夫婦が互いに殺しあうように誘導したってことか」

「もし、どちらかが死んじゃっていたら……」

助手席の咲奈は身を震わせて腕をさする。

「取り返しがつかないことになってた」

そんなに上手くいくものか、と思うが、実際に殺しあいに発展してしまったのだから何も言えない。

「強盗二人組も偶然じゃなかったってことか」

「私たちの殺し合いが上手くいかなかった場合の、保険だったんじゃないかな」

実在する強盗の特徴を真似させた刺客を送りこんできた、というわけか。

車が首都圏に入ったころ、梶谷から連絡が入った。明石と野中の疑惑が明らかになってすぐに俺は梶谷に報告をし、今までのあらましを説明したのだ。梶谷は予想どおり、他人事《ひとごと》のように興奮していた。

――そんなエキサイティングなことになってたの？　『Mr.&Mrs.スミス』みたいじゃん！

とはいえ、さすがにすぐ真剣な元極道の声に変わった。

――野中と明石について、調べさせる。

その結果報告だった。

ハンズフリーで通話に出ると、梶谷の声は珍しく最初から硬かった。

『二人について調べたよ。明石は会計士なんだけど、子どものころに母親が株に手を出して失敗した過去があるって』

俺と咲奈は目を合わせる。

『家族が知ったときには借金が数千万になってたって……』

「損失を穴埋めしようとしたんですか？」

咲奈が口を挟んだ。

『あ、奥さん？ どうも、梶谷です。今度麻婆茄子食べさせてください』

「社長。今、麻婆茄子の話は……」

『あと、藤堂さんのこと誤解しないでね。やくざっぽい奴らをやくざにしないために頑張ってるんだ。奥さんに胸を張れないことはしてないから』

突然の言葉に俺は言葉をなくした。咲奈は、ゆっくり飲み込むように頷いた。

「わかりました。今後とも夫をよろしくお願いします」

『はーい。さて、話を戻そっか。明石の母親は株で損して焦ってたところを投資詐欺《さぎ》にひっかかったらしい。とにかく家計はめちゃくちゃになって子どものころの明石は苦労したみたいだね。推測だけど、最初は普通に会計士としてかかわった奥さんの運のよさに妬《ねた》みが生まれたんじゃないかな』

「逆恨《さかうら》みもいいところだ！」

咲奈がなだめるように俺の腕をさすり、梶谷に「野中さんのほうは？」と促す。

『こっちはもっとあからさまだったよ』梶谷の口調に苦々しさが感じられた。『まったく、うちのリクルート能力の低さが恥ずかしいわ。野中は生田組幹部の娘でした』

「はぁ⁉」

大声を上げてしまう。ライバル組織の幹部の娘と毎日机を並べて仕事していたのか。

『言い訳すると、幹部と愛人の間の子だし野中は派手な生活はしてないし、堅気の仕事をしてた。本当に鉄仮面女だったわけ』

「ですが、新庄一家はもう看板を下ろしているんですよ。なんのためにランカージョブに潜入を？　まして俺を狙う理由は？」

俺の疑問に梶谷は答えを持っていた。

『復讐だよ。野中の父親なんだけどさ、今でこそ出世してるけどかつては組内で干されてたんだって。理由は若いころ堅気の高校生にぼこぼこにされたから』

「……え。まさか、あのときの」

咲奈は疑問符を浮かべて見てくる。俺が新庄一家にスカウトされるきっかけとなった事件。高校時代に友達に絡んだチンピラを返り討ちにしてしまったことだった。相手方が生田組だったのは後々知ったが。

「あのチンピラの娘が野中……」

やくざはプライドの塊だ。恥をかけば容赦なく軽蔑される。野中は干された父親を目の当たりにしていたのだろう。俺に対して恨みを持っても不思議はない。

『そしてですね、野中がうちに来る前に勤めてた会社の公認会計士が明石』

野中は前職も経理と言っていた。すべてが繋がる。

「それぞれ私と光弘さんを恨む者同士、利害が一致したってこと？」

『若宮葵も親父さんが問い詰めて白状した。シエルブルーに嫌がらせをするように頼まれたんだって。藤堂さんの依頼だと思ったんだって。大泣きして謝ってる。一緒につるんでたのは生田組の配下』

若宮を巻き込むことで咲奈はよりいっそう、夫に不信感を募らせた。頷きながら聞いていた咲奈がふと、目を細めて俺を見た。

「なんで彼女は光弘さんのためにそこまで？」

「えっ。さあ。……いやあの子はなんでもないから！」

「ふぅん」

電話の向こうで笑い声がした。

『で、どうするかね。ここまで藤堂さんたちがコケにされて黙ってるわけにはいかない』

「待ってください。法を犯すわけには……」

苦い思いで俺が言うと咲奈も、

「何より二人が私たちを殺そうとしたという証拠がありません。というより彼らは実質何もしていない」

と冷静に言う。

「……！　確かに」

明石と野中は、ちょっとした嘘をつき、情報提供をしただけだ。とても罪には問えない。鵜呑みにして勝手に殺人未遂を起こしたのは俺と咲奈だ。偽強盗を差し向けたことは教唆犯に問えるかもしれないが、実行犯が逮捕されなければ証明できない。たとえ問い詰めてもしらばっくれられて終わりだ。

「くそっ」

ハンドルに力がこもる。自分たちが馬鹿だったといわれればそれまでだ。だが、人の心を弄《もてあそ》び、大切な人を傷つけさせる行為が許されるはずがない。胸の奥で、外道を歩いてきた過去の自分が立ち上がる。

「いざとなれば、証拠はなくとも裁ける」

「待って」

遮って咲奈が言う。それから「かけ直します」と言って梶谷の通話を切ってしまった。

ちょうど渋滞で車が停まり、俺は妻を見つめた。数秒、黙りこくって考えを巡らす表情をしてから口を開く。

「明石くんと野中さんには怒りを覚えるけど、のせられたのは私と光弘さんだし。何より……今ごろこんなこと笑われちゃうかもしれないけど、私は光弘さんに罪を犯してほしくない」

まっすぐな瞳でそう言われ、二つの意味でドキッとした。そうだ。俺は無法者に戻ってはいけないのだ。なのに憎しみに囚われて咲奈を殺そうとしていた。俺がやろうとしていたことは、ランカージョブで人生をやり直そうとする者たちへの裏切り行為でもあった。

「……ありがとう。咲奈」

咲奈がはにかんだように微笑み、頷く。

「だからといってあの二人が引き下がるとは限らないし、無視することもできないよね」

「ああ」

「一つ手がある。罠を仕掛けるの。あの二人が私たちを殺そうとした、と確証を得て警察に逮捕してもらう。もちろん証拠なんて残してないだろうから、作らせる」

「証拠を作らせる？」訊き返してからハッとする。「狙わせる気か？」

こくりと咲奈が頷いた。

「ポイントは、明石くんと野中さんが別々の動機で共謀しているということ。つまりどちらか一方の願いが叶うだけでは計画成功にならない。具体的に言えば私と光弘さんが両方死なければいけない。偽強盗を使ったのも、私たち両方を確実に消すためだったはず」

何かプロジェクトの方針を語るような口調は、生き生きしていた。場違いだが、見たことのないその鋭敏な表情に見惚《みと》れてしまう。

「だからもし、片方だけ生き残って旅行から帰ったと知れば、生き残りを殺そうとするんじゃないかな」

そこを押さえれば殺人未遂を証明できる。

「相手を油断させて呼びだすなら、私が明石くんを呼びだすほうがベターでしょ」

「ああ。だけど……」

俺だけが死んだと思い込ませて、二人に咲奈を狙わせる……。要は咲奈をおとりにするということだ。

「危険だぞ」

「このままじゃ反撃できない」

すでに咲奈は腹をくくった様子だった。会社を引っ張ってきた経営者の胆力か、もともとの資質だろうか。ならば俺も覚悟を決めるのみだ。

「……わかった。やろう」

渋滞が動き、するすると車が進み始めた。慌《あわ》ただしい一日は夕暮れを迎えていた。

「さっそく今から、明石くんを呼びだしてみる」

「せめて明日にしないか？　急な呼びだしであいつらに殺人の準備ができてないと、罠の意味がない」

「……ううん。一理あるけど、きっと私たちの片方が生きて旅行から帰ってきたケースにも備えているんじゃないかな。少なくとも明石くんはあらゆるプランを計画しそう」

「……野中もそういうタイプだ」

「時間をかけて光弘さんが生きていると感づかれたらおしまいだし。自宅を見張っている可能性もあるでしょう」

だから今夜、勝負をしよう。咲奈はそう言った。

「……もしもし明石くん？　今大丈夫？」

助手席の咲奈が話しながらスマホの音量を上げる。「どうしました？」と訊き返す明石の声が俺にも聞こえた。咲奈はいかにも憔悴《しょうすい》した不安定な声を作った。

「実はね、旅行先で、夫が……その」

『旦那さんがどうしたんです？』

平静を装っているが、明石の声が微妙に震えたのを俺は聞き逃さなかった。

「……行方不明に、なって」

『行方不明ですか？』

驚いたふりをしている明石だが、「夫を殺した」と受け取ったはずだ。

「こんなこと言うのはみっともないんだけど、一人で家に帰りたくないの。誰かと一緒のほうが落ちつくから、瑞希さんは家族がいるし、明石くん……」

『俺でよければ、どこにでも行きますよ！』

「ありがとう。会社に行こうと思う。今後のことで話もしたいし」

一時間後にマンションで、と約束を取り付けると電話を切る。

「ふう。通話も録音しておいた。もしマンションに刺客だけが現れても明石くんが関与した証拠になる」

「上手い演技だったなぁ。愛人を呼びだすようだった」

「光弘さん？　ここに至って妬《や》かないで」

俺は尖らせた口から無意味なジェラシーを排出した。

電話の五分後には俺たちは自宅の隣町、咲奈の「会社」であるマンションに着いていた。

道中で警察に捕まらなくてよかった。バックミラーが割れて、運転席の窓にひび、サイドは傷だらけの不審車両でここまで来たのだ。

エレベーターで最上階に上がる。案内されたリビングに入って開口一番、「広いな！」と感想を漏らした。ブラインドの下りた窓は映画のスクリーンのように大きい。テーブルの下のラグマットも踏むのをためらうほど高級そうだ。

「座ってくつろいでと言いたいところだけど、痕跡《こんせき》を残すのもまずいかな。コーヒーくらい淹れようか」

「お構いなく」柔らかいラグの上でかしこまって答えている。「それより確認だ。四十五分後、明石がここに来る、と」

明石が野中を連れてきてくれれば儲けものだ。俺はクローゼットに隠れることにした。明石が咲奈を襲ったら飛びだす手筈《てはず》だ。

確認中に着信があった。田之倉からだ。

窓際に立って電話に出る。

『藤堂さん、俺っす。話は梶谷さんから聞きました』

「葵さんの様子は？」

『泣き疲れて落ちついた感じっす。あの、俺らにもなんかやらせてくれないっすか？』

田之倉の興奮が伝わってくる。葵が利用されたことが我慢ならないのだろう。

「落ちつけ。堅気が物騒《ぶっそう》なこと考えるな」

『藤堂さんも同じじゃないっすか！』

「田之倉。道を外れるな」

俺は危うく外れかけてしまったから。

『……了解っす』

田之倉が言った。よし、と応えて、俺はなんとはなしにブラインドの隙間から外を見やる。住宅街を飛び越えて都心の夜景まで一望できた。不意に思いだしたことがあった。

「田之倉、おまえ確か——」


電話を終えて、来る途中で購入したボイスレコーダーと小型カメラを準備した。レコーダーは咲奈の服のポケットへ、カメラは観葉植物の陰に仕掛ける。

「準備はオーケーだね」

ソファに座って言う咲奈に複雑な気持ちで尋ねる。

「こんな部屋にも住めるんだろう？　十何億も稼いでたら」

「えっ？」

「これからは俺に変な気を遣うことはないよ。好きなことを堂々とやって、好きなものを食べて、好きな服を着て、好きな家に住んでほしい」

咲奈は眩しそうな表情で瞬きをした。

「そうしようかな。でも私の好きな家は、今光弘さんと住んでいるあの家だから」

「本当に？」

「一仕事終わらせて、一緒に帰ろうね」

胸に流れ込む温かさを感じ、俺は頷いた。

予定時刻きっかりに、明石は現れた。エントランスのカメラつきインターホンに映された明石は一人だった。

ドアチャイムが鳴り、咲奈が明石を迎え入れる。

「──こんな時間にごめんね」

「いいんです。それより何があったんですか」

「話すから座って。コーヒーでいい？」

「いやいや、僕が淹れますって」

クローゼットに隠れた俺は、室内の音声に聞き耳を立てた。勝負の始まり。緊張が走る。

＊

高級マンションの最上階。私がふだん仕事をする『社長室』でも、明石くんが自分のパソコンやプリンターを置いている『副社長室』でもなく、リビングにあたるこの部屋で明石くんと向きあうのは慣れなかった。

ガラステーブルの上で、二つのコーヒーカップが湯気を立てている。

私はじっとうつむいたまま、なかなか話しだすことができなかった。

「……咲奈さん？」

明石くんが心配するふりをして、私の顔を覗き込んだ。この優しい声色もすべて演技なのだと思うと、心から恐ろしくなる。

今ごろ、光弘さんはクローゼットの中でやきもきしているかもしれない。どうして早く口を開かないのだ、やっぱりおとり作戦は荷が重かっただろうか、と。

そうではなかった。私がさっきから黙っているのは、怒りがあふれでそうになるのをこらえるので精一杯だったからだ。

たぶん——明石くんは、最初はいい人だったのだと思う。

瑞希さんの従弟の紹介でシエルブルーの経理担当を始めたときは、邪なことなど一切考えず、単に新しい副業を始めたくらいの気でいたはずだ。エステティック・シエルブルーという会社が大成長を遂げる過程で、彼は変わっていった。

社長でありながら金銭欲を持たず、役員報酬さえもらおうとしない私のことを、家の借金で苦労していた彼は妬ましく思うようになった。そんな明石くんの愚痴は、前の会社の経理部で一緒だった野中恵美《えみ》の耳に入った。

不幸だったのは、その話に興味を持った彼女が、ある偶然に気づいてしまったことだ。

明石くんが勤める会社の女社長「鈴木咲奈」の夫が、自分の父にとって因縁《いんねん》の相手である「藤堂光弘」だということを、野中恵美は知った。

そして、明石くんに提案を持ちかけた。途中まではシエルブルーのために尽力してくれていた明石くんが、胸の中でくすぶっていた嫉妬心《しっとしん》を確かなものへと変えたのは、野中恵美との協力関係が生まれたせいだったのだ。

スカートをぎゅっと握りしめながら、私は明石くんに向かって心の中で叫ぶ。

シエルブルーをここまで育ててきた仲間であり、唯一無二のパートナーだと信じていたのに。

お金のために私を殺そうとするくらいなら、一度心を開いて相談してくれればよかったのに。

「あ、あのね」

ようやく口から言葉が出た。「ゆっくりでいいから」と明石くんがそっと頷く。

怒りのあまり震え声になってしまったけれど、むしろこれくらいでちょうどいいのかもしれない。明石くんからすると、私が夫を殺して動揺しているように見えるはずだ。

「電話でも言ったけど……夫と、昨日から旅行に行ってたの。北陸に、車で」

「車でですか。けっこう遠いですね」

「夫が、突然行こうって言いだして」

「へえ、旦那さんが」

明石くんがわざとらしく目を瞬く。

「急に旅行に誘うなんて、普段から気分屋なんですか」

「ううん。もともと、遠出の予定を急に決めたりする人じゃないの」

「どうしたんでしょうね」

「わからない。全然、わからなくて……」

目元に手を当てて、呼吸を荒くする。明石くんがソファから腰を上げる気配がした。私が泣きだすかと思ったのだろう。

自分の演技の上手さに、我ながら驚く。考えてみれば、殺すか殺されるかという緊張感の中で日々光弘さんと騙しあいをしていたわけだから、演技力が磨かれるのも当然だ。

「夫がね、崖に、行きたいって」

「崖?」

「うん」

「というと、東尋坊とかですか」

「私もそうかなと思ったの。でも、夫が車を運転して着いたところは、そういう観光地じゃなくて。誰もいない崖で、二人で日本海を眺めて……ぼーっとしてたら、気がつくと、そのへんを歩いていたはずの夫がいなくなってたの」

「えっ、車を置いたまま？」

「そう。あたりを捜し回って、ずっと待ってたんだけど、帰ってこなかった」

「咲奈さん一人で、車を運転して帰ってきたんですか？」

憔悴したふりをして、無言でこくりと頷く。

「警察には？」

今度は力なく、首を左右に振った。

「まだ言ってないんですか？　どうして」

「あ、あの、夫は携帯を持ってたはずだから……だから、しばらくしたら、で、電話がかかってくるんじゃないかと思って」

なるべくぎこちなく、歯切れの悪い口調で、弁解するように話す。

明石くんの目は決して見ない。後ろ暗いところがあるかのように、微かに目を泳がせる。

向かいで、明石くんが立ち上がった。

「隣に座っていいですか」

私は震え声で答えた。

「……うん」

そして、いよいよだ、と身を硬くした。

*

コーヒーカップとソーサーが当たる音とソファが軋《きし》む音がする。妻にボディタッチ一つでもしたら許さないぞ、と、作戦方針と相反する念を送ってしまう。

「僕には正直に話してください。本当は旦那さんと何があったんですか」

「え？」

「僕、調べたんです。ランカージョブの藤堂っていう社員。あの男が咲奈さんの旦那さんだったなんて」

「明石くん……」

「どうして僕に相談してくれなかったんです？　最近咲奈さんが一人でずっと何かしてることは気づいてましたよ」

熱っぽい声だった。演技合戦だ。

やがて咲奈がさも観念したような、涙声を発する。

「明石くん……私、夫を殺したの。誰もいない崖から突き落として。でも、それは夫が私を殺そうとしたから！　正当防衛だった」

「落ちついてください。警察にきちんと事情を話せば……」

ガチャン、と音がした。続いて「すみません、マットが」と慌てふためく明石の声。

「大丈夫。靴下濡れなかった？」

どうやらコーヒーカップを倒したらしい。ふきんを手にかがむ咲奈の姿が想像できた。

途端、咲奈の悲鳴がした。俺はクローゼットを飛びだす。ソファの前、背後から咲奈の首にロープをかけている明石が見えた。明石は俺を見て口を開いた。

「な……」

なんで生きている、とでも言いたかったのだろう。同じ感情は俺も最近経験済みだ。呆然とする明石の顎に掌底を打ち込む。

「咲奈、大丈夫か？」

「うん」

咲奈は床に倒れた明石から後ずさりした。ポケットからレコーダーを出し、テーブルにそっと置く。ちらっと窓を見、それから観葉植物に目をやり、頷く。アングル的に明石が首を絞めた映像は撮れている。

「明石」

どうにか立ち上がろうとしていた明石の腕を極める。

「会社を乗っ取るために咲奈を殺そうとしたな」

「……知らない」

「しらばっくれられると思ってんのか。俺の目の前で首絞めただろうが！」

怒鳴りつけると、憎しみと恐怖の混ざった目で俺を見上げる。

「き、汚いぞ、はめやがって」

「そっくり言葉を返したいね。おまえらに」

おまえら、という言葉に明石が動揺する。

「ああ、ランカージョブの野中恵美はさっき白状した。おまえと一緒に俺たちを殺すつもりだったってな」

ハッタリに明石はさらに目をむいた。

「……嘘だ」

あと一押しだ。明石は顔を赤くし、必死にもがいた。もちろん拘束はほどかせない。

「嘘じゃねぇよ」俺はせせら笑う。「共犯をはめる手伝いをすりゃ助けてやると言ったら、ぺらぺら話したぞ。おまえ、いいように使われたんだな」

「ふざけるな。計画を立てたのは僕だ！」

よし。言質《げんち》を取れた。あとは野中を……。そのとき、明石のポケットからキーケースが滑り落ちた。数本の鍵が目に入り、おかしい、と直感的に思った。が、何がおかしいのか気づくのに数秒タイムラグが生じた。

さっき明石はドアチャイムを鳴らして咲奈に迎え入れられた。なぜ自分の鍵で入らなかったんだ？　キーケースの鍵の中にこの部屋の鍵がない？　……誰かに預けたから？

「咲奈！」

振り返って叫んだ。が、遅かった。

「え？」

リビングのドアの開閉音が響く。疾風のように室内に侵入した野中恵美は、背後から咲奈の首に腕を回した。

「動かないでください」

咲奈の喉にはナイフが突きつけられていた。

「……なんで。カメラには明石くんしか」

身動きを封じられた咲奈は、混乱した口調で言った。野中は無表情で見下ろす。

「非常階段をご存知ないんですか？」

咲奈がしまったという顔をし、明石が鼻で笑った。おそらく非常階段の鍵は内側からしか開かない作りなのだろうが、明石が手引きしたのだろう正面玄関を二人揃って入ってくる想定しかしていなかった俺たちが甘かったのだ。

「咲奈を放せ」

「明石くんを放してください。藤堂さん」

会社と変わらない口調で、野中が言った。腕を放すと明石は勝ち誇った顔で立ち上がる。

「私も殺したくないんです。服が汚れるので」

明石が野中の横に移動する。途中でテーブルのボイスレコーダーに気づき、舌打ちと共に踏み潰す。

「私を待機させておいてよかったでしょ」野中は片手で部屋の鍵を明石に投げ渡す。「まさか私が裏切ったなんて信じなかったわよね？」

「……一瞬」

明石が苦々しく言うと野中は溜め息をつく。

「しっかりして。ボイスレコーダー以外にも何かありそうだから探して。玄関の施錠も」

了解、と明石が動きだす。

「いい部屋。夜景が綺麗ですね」

言いながら野中が窓を見る。咲奈が身じろぎし、野中は刃をひたっと首に押しつける。

「やめろ」

俺は臍《ほぞ》を噬《か》む。咲奈は表情を凍りつかせながらも口を開いた。

「……遅いですよ。あなたたちのことは」

「無駄口はよしてください。奥様」

「仕掛けてあった」観葉植物からカメラを取り上げた明石が言う。「馬鹿夫婦にコケにされるところだった」

俺は窓を一瞥してから、明石と野中を交互に見やる。

「いいのか。自分たちの手を汚さないつもりだったんだろ?」

「事ここに至ったら仕方ないですね。偽装は面倒なので夫婦仲よく、山に埋めてあげます」

「無駄だ。おまえらのことは梶谷社長も若宮興業の皆も知ってる」

野中は「ハイハイ」というふうに頷く。

「元暴力団の社長と社会の底辺にいるチンピラ連中の話を、警察が信じますか?」

「黙れ」

咲奈を人質にされているうえ、身内を愚弄《ぐろう》されて怒りが燃え上がる。

「藤堂さん、聞きましたよね? ランカージョブが好きかって。笑ってしまいそうでした。やくざはゴミ。あんな会社、ゴミ溜めですよ」

「自分もやくざの娘だろ」

「生まれたくて生まれたわけじゃないんですよ」野中の声音に初めて波が立った。「でもあなたは望んで社会悪になったんですよね? 私の父を踏み台にして。それが今は善人面して社会貢献ですか? やくざだった過去を清算しているつもりですか? くだらない」

「光弘さんは」咲奈が苦悶《くもん》の表情で必死に叫ぶ。「仲間が悪いことをしないように、頑張っているんです」

「本当に、黙ってもらえませんか。奥様」

野中の声が低く剣呑《けんのん》になる。

「藤堂さん。床に這《は》いつくばってください。奥さんの血を見たくなければ」

言われたとおり膝をつく。

「私、けっこう本気で、すごいなって思ってたんです。藤堂さんの奥様への愛情をいつも。すごい、気持ち悪いなって」

聞きながら床に手をついた。土下座の形になった俺に、ロープを拾った明石が近づく。

「僕も、金より光弘さんとの暮らしが幸せだっていう咲奈さんの態度、苛々しましたね。動くなよ」

明石が俺の首にロープをかける。

「だから夫婦で殺しあいさせたくなったんです。どんな気持ちです？　コロッと騙されて愛する相手を殺そうとした自分たちが悲しくないですか。愛なんて最初からなかったって思いませんか？」

野中があざ笑って言った。俺のすべてを否定したいのだとわかった。

俺は笑った。明石の手が止まる。

「何笑ってる？」

「悲しくはない。思い出が一つ増えただけだ」

顔を上げて答えると、明石が目を丸くした。

「夫婦の殺しあいが、思い出だって？　サイコすぎるんですけど」

「知らなかった咲奈を知れて嬉しかった。俺たちの間に愛はあるし、深まった」

俺と咲奈は互いに秘密があった。そして互いを殺そうとした。世界にこんな似た者夫婦がいるだろうか！

「馬鹿みたい。殺して」

乾いた声で野中が言った。瞬間、明石がロープを強い力で引っ張った。急激に血管が圧迫され、呼吸が止まる。俺は叫びながら頭をもたげた。背後の明石を睨みつける。

「そんな力で俺を殺せると、思ってんのかド素人」

怒声を絞りだし、身をねじる。

「……！　黙れよ」

おびえた顔の明石がロープを引く。視界がぼやけ始める。片手で明石の頭を掴み、俺と向かいあわせになるように引きずり寄せた。もう片方の手は床を這わせる。

正面でうろたえる明石の目を睨み続ける。わずかにロープが緩む。明石が殺す相手に睨まれながら、殺しきれるタマではないと直感した。ぎりぎりの賭けだ。

「何してるのよ」耳に届く野中の声に苛立ちが混ざる。「一思いにやればいいの」

横目で見ると、野中は咲奈を押しやりながらこちらに近づいていた。

「わかってるよ！」

明石が目をぎゅっと瞑《つぶ》る。俺は微笑みながら野中に視線を向け、明石の髪を摑む。

「残念、こいつじゃ、無理だ」

というのはハッタリだ。ロープに力が戻り、首に食い込んでいる。歯を食いしばり、目を見開き、俺は飛びそうな意識を必死で保つ。

＊

「やめて、ねえやめて！」

目の前が涙でぼやける。光弘さんの顔が赤黒く変色している。

「お願い、もうやめて！」

一歩前に踏みだそうとした私の首に、野中恵美が手にしているナイフの刃がチクリと触れた。

「光弘さんを殺さないで！」

嫌だ。

光弘さんが死んでしまうなんて、絶対に嫌だ。

「やめて、明石くん！」

「早くやってしまいなさい！」

私と野中恵美の声が重なった。命令された明石くんが、ぎゅっと目を瞑ったままロープを強く引き絞る。

光弘さんの口の端から白い泡《あわ》が漏れだした。いくら光弘さんでも、やっぱりもう限界を迎えている。見ている私も意識が遠くなりかけ、足元がふらついた。

「おまえに、俺は、殺せない！」

光弘さんが目をむき、最後の力を振り絞るかのように猛々《たけだけ》しく叫んだ。明石くんがその大声に驚き、ロープが一瞬緩む。

「何やってんのよ、これだから一般人は」

野中恵美が吐き捨て、ナイフを持った手を私の首に回したまま前に進み出た。

その瞬間だった。

仁王《におう》のように顔を歪めた光弘さんが、渾身の力で、足元のラグを引っ張った。

ぎゃっ、という叫び声とともに、ちょうど片足をラグにのせていた野中恵美が仰向けに転倒する。首を拘束されていた私も、一緒になって倒れた。弾みで彼女が握っていたナイフが手から抜け、私の服の上に落ちてきた。

とっさに、ナイフの柄をキャッチした。転んだときの痛みも忘れ、倒れている野中恵美へと向き直る。私が非力だと思ったのか、彼女は怯《ひる》みもせず、そのまま上半身を起こそうとした。

「動かないで！」

大声を上げ、両手で握りしめたナイフを野中の喉元へと突きつける。ぎょっとして目を見開いた野中に、さらに顔を近づけた。

「刺されたくなければ、大人しくして！」

恐怖心を悟られないよう、まだ演技を続けているつもりで野中を睨みつけた。ぐっ、と呻き声を出した彼女は、両肘を後ろの床についた中途半端な体勢のまま動きを止めた。

ナイフを叩き落とされないよう、しっかりと両手で柄を握りしめ、野中の喉を狙い続ける。

あまりに必死で、周りの音が一切聞こえていなかった。

「咲奈」

後ろから声をかけられ、ようやく我に返った。

柔らかく力強い、私の心を解きほぐすような声。

「もう大丈夫だ。後は任せて」

私の震える両手に、大きな掌がかぶさった。力の入りすぎた私の手をそっと剝がし、代わりに光弘さんがナイフを握る。

振り返ると、明石くんはラグの上に長々と伸びていた。逆に首を絞められたのか、気を失っているようだ。その身体には、さっきまで光弘さんの首にかかっていたロープが巻きつけられている。

「これ、光弘さんが……？」

「ああ。野中が転んだ瞬間に反撃した。野中が体勢を立て直すまでの数秒間で明石をやっつけられるかどうかは正直賭けだったけど、思いがけず咲奈が野中を制圧してくれたおかげでゆっくり倒すことができたよ」

「せ、制圧って」

自分の行動を思い返し、頰が熱くなる。顔に両手を当て、慌ててうつむいた。

「可愛い咲奈も好きだけど、ああいう咲奈もかっこよくていいな」

「ちょ、ちょっと」

「次から次へと新しい一面を知れて、俺は嬉しいよ」

「光弘さん……」

「こんな状況で何イチャイチャしてんのよ」

ナイフの刃先を向けられている野中恵美が、床に横たわったまま悔しそうに吐き捨てた。

「おまえは黙ってろ」

光弘さんが野中を鋭く睨む。そして突然、片方の腕を私の肩に回して引き寄せた。

気がつくと、唇と唇が触れあっていた。

温かくて、柔らかい。

久しぶりの感覚に、私は顔をいっそう赤くする。

「……見せつけてるつもり？」

「まあな」

忌々しげに口元を歪める野中に、光弘さんが余裕の表情を返した。ナイフを悪党の首に突きつけながら妻とキスをするとは、なんて器用な。――というか、非常識な。

どこかで、スマートフォンのバイブレーションの音が聞こえた。

光弘さんがナイフを持っていないほうの手でポケットからスマートフォンを取りだし、電話に出る。

「ああ、どうした。え？　もう警察に連絡したのか？　仕事が早いな。うん、今開ける」

光弘さんが電話を切り、「田之倉だ。インターホンが鳴ったら入れてやってくれないか」と私に声をかけてきた。

床から起き上がれずにいる野中が低い声で唸《うな》る。

「その田之倉っていうのも、藤堂さんのお仲間でしょう」

「ああ、そうだが」

「この状況で警察に通報するなんて、自分の首を絞めるようなものね。証拠のボイスレコーダーやカメラはもう破壊されてるのに。これだと、やくざ同士の抗争としか思われないわ。藤堂さんの言い分なんか、警察は聞く耳を持たないでしょうね」

「そうだろうなあ。もし証拠がレコーダーと小型カメラだけだったなら、俺たちの目的は達成されなかったかもしれない」

「……え？」

野中が眉を寄せたとき、インターホンが鳴った。私はすぐさま壁に駆け寄り、「はい、どうぞ」とマンションの入り口を開錠する。ついでに玄関の鍵も開けておいた。

しばらくして、田之倉さんが部屋に入ってきた。ソフトモヒカンという髪型とあまりの体格のよさにドキリとしたけれど、一方で幼く可愛らしい印象も受ける。初対面の田之倉さんと私は、互いに会釈を交わした。

「藤堂さん、ひどいっすよ。おとり作戦だなんて聞いてない！　こんな危険な計画だって知ってたら、中まで助けに来たのに」

光弘さんに向かって嘆く田之倉さんは半分涙目になっていた。光弘さんの人間関係はまだ把握しきれていないけれど、今回の計画に協力してくれた田之倉さんは、後輩か部下といった立場のようだ。

「すまんすまん。どう転ぶかわからなかったから、堅気の仕事をしているおまえには、どうしても安全圏にいてほしくてな」

「もう少し信頼してほしいっす」

「信頼してるからこそ、大事な役を任せたんだ。警察に通報したってことは、動画は上手く撮れたんだな」

「ええ、ばっちりっすよ。俺もリアルタイムで一部始終を見てました」

田之倉さんが、背中に隠していた手を前に回した。その手に握られているドローンを見つめ、野中恵美が絶句する。

「まさか、それで外から――」

「ああ、部屋を撮影してもらった。明石が咲奈と俺を絞殺しようとした瞬間も、おまえが咲奈にナイフを突きつけて俺を屈服させようとした姿も、すべてドローン搭載のカメラで撮影済みだ」

「嘘……」

「田之倉、よくやったな」

光弘さんが褒めると、田之倉さんは「藤堂さんのためならこれくらい」と無邪気な照れ笑いを浮かべた。

光弘さんが田之倉さんに「第二のカメラ」での撮影を依頼したのは、明石くんがここにやってくる直前、田之倉さんから着信があったときのことだった。

――田之倉、おまえ確かドローンを持ってたよな。この間焼き肉行ったときに、買ったけど使う機会がないとか言ってたろ。高層マンションの最上階まで、あれ、飛ばせるか。

田之倉さんは快く承諾してくれた。光弘さんはブラインドを開け放ち、外から室内を撮影できるようにした。

その計画の内容を聞かされた私も、明石くんや野中恵美にドローンの存在がバレないように注意を払った。部屋に侵入してきた野中が「夜景が綺麗ですね」と外を見た際、彼女の腕の中でわざと身じろぎして視線を戻させたのは、そのためだ。

「へへ。本当は、ドローンの夜間飛行は航空法違反なんすけどね」

「なにっ、それを先に言えよ」光弘さんが慌てる。「それを警察に提出したら、おまえも罪に問われるじゃないか」

「どうせ大したことない罰金刑っすよ。今更軽い前科が一つ増えたところで何も変わらないっす。もともとどうせ『わけあり』なんすから」

「でも」

「それに、今回は事情が事情っすよ。緊急事態だったってことは動画を見ればわかりますし、さすがに警察も見逃してくれますって」

田之倉さんはなんでもないように話した。光弘さんはしばらく黙り込んだ後、「すまないな」と頷いた。

光弘さんのことを心から慕《した》っている田之倉さんの気持ちが伝わってきて、私の胸もじんと熱くなった。

やがて、警察がマンションの部屋に到着した。証拠の動画提出や、ドローンの件の弁解を含め、事情聴取には長い時間がかかった。

最終的に、警察は私たち三人の罪を問わず、全部ひっくるめて一種の正当防衛とみなしてくれたようだった。光弘さんや田之倉さん以上に、私が一生懸命警察を説得したのが功を奏したのかもしれない。やくざ同士の争いはともかくとして、多額の資産を持つ女社長の私が殺人未遂の被害者であることは、疑う余地がない事実なのだから。

午前二時を回ったころ、野中恵美と明石勇太を乗せたパトカーが、マンションの前から発車した。その様子を、光弘さんと田之倉さんと私の三人は、ブラインドの開いたリビングの窓から見送った。

「そういえばさ」

パトカーが見えなくなってから、光弘さんが田之倉さんへと視線を向けた。

「おまえ、リアルタイムでドローンの映像を見てたって言ってたよな」

「はい」

「……どこまで見てた？」

その会話を聞いて、私はハッと口に手を当てた。さっきのキスシーンが頭に浮かぶ。

まさか光弘さん——田之倉さんの目があることを忘れていたのでは？

「いやあ、なかなか見応えありましたよ」

田之倉さんがうへへと笑う。

「えーと、どういう部分が？」

「特に奥様の活躍っぷりはすごかったっす。生田組幹部の娘からナイフを奪って、ほぼ一人で片をつけたわけっすからね。さっすが、藤堂さんの奥様。新庄一家の血でも流れているのかと思いましたよ。お似合い夫婦っす」

「こら、田之倉」

「あ、あれは、成り行きというか」

恥ずかしくなりながらも、私は少しほっとする。ということは、あの唐突なキスシーンは見られていないのだろう。光弘さんも隣で胸を撫で下ろしているようだった。

「あとはまあ、最後のロマンスシーンっすかね」

田之倉さんがにやけながらつけ足した言葉に、光弘さんと私は凍りついた。

「あっつあつの動画、いただきました。いいっすねえ、仲直りのキスって」

「う、おいっ、田之倉」

「見せつけてるつもりっすか」

野中と同じことを言っている。

「田之倉、お願いだからその動画を悪用するなよ」

「うーん、どうしましょう」

「俺を脅すつもりかよ」

「そうだなあ。焼き肉一回でどうすか」

「ああ、またそうやってたかる！」

光弘さんは呆れたように溜め息をつき、「まあいいけど」と不本意そうに頷いた。

「やったあ！　奥様と三人で行きましょう」

子どものようにはしゃいでいる田之倉さんの様子を見て、私も思わず笑ってしまった。

長い一日だったな、と回想する。

昼前に、長野のホテルを出て。

日本海へと車で走って。

崖の上で真実を知って。

裏で糸を引いていた二人をやっつけて。

そして今ようやく、平和を取り戻したような気がする。

「私も楽しみだな、焼き肉」

田之倉さんに便乗して、私も光弘さんの肩をつんとつついてみた。

「くそー、食べすぎるなよ、二人とも」

悔しそうに答える光弘さんも、やっぱり満面の笑みを浮かべていた。

エピローグ

一人で帰るはずだった家に、二人で帰宅した。

「慌ただしい旅行になっちゃったね」

「全然ゆっくりできなかったなぁ」

声を揃えて笑う。俺は脱いだ靴を、咲奈はスリッパを並べる。なぜか唐突に、子どものころに読んだ本の言葉が頭に浮かんだ。

「昔、読んだ本に書いてあったんだ。旅行に絶対必要なものってなんだと思う？」

咲奈は首を傾げた。

「絶対と言われるとなんだろう。やっぱりお金じゃないかな」

「うん、俺もそう答えるけど」

「なんて書いてあったの？」

俺はリビングを見渡して答える。

「帰る場所だって」

「帰る場所。そっか」

見慣れたメゾネット。使い慣れたキッチン、インテリア。三年暮らしている二人の部屋。もう先日までの張り詰めた空気のとばりはない。

自分たちの部屋の匂いをゆっくりと吸い込むと、殺伐《さつばつ》としていた時間が浄化される気分だった。

佇む俺の右腕に咲奈が腕を絡める。

「おかえりなさい、光弘さん」

「ただいま。咲奈もおかえり」

「うん。ただいま」

左手で妻の頭を撫でる。薬指の光の輪を、血で汚さなくて本当によかった。

興奮状態が醒めて、疲れのピークだった。どうやら咲奈も同じらしかった。二人ともベッドに入ると一瞬で、深い眠りに落ちた。


安眠を終えて翌日を迎えた。が、そこからは安穏ではなかった。当然である。ランカージョブは社員の一人が急に逮捕された。耳ざとい一部のマスコミが野中の素性からランカージョブの内情を疑い取材にやってきた。ふだんは昼行燈《ひるあんどん》の梶谷が辣腕《らつわん》を振るい、会社の秘密は守りきった。

エステティック・シエルブルーも、副社長の裏切り、逮捕が明るみに出たのだ。社長の咲奈は事後対応、特に動揺する従業員や客のケアに追われていた。

双方の会社が落ちつき、夫婦でゆっくり食卓を囲めたのは一週間後だ。

いただきます、の前に、お疲れさま、と言いあって、肉じゃがメインの夕食が始まった。

夕食は、珍しく二人で作った。俺は野菜を切るくらいだったが、咲奈は楽しそうな顔をしてくれていた。久しぶりに生姜の煮つけも用意してくれていたので、白米が進む。互いに話題が溜まっていたので口数が多かった。

「瑞希さんもショックを受けてたけど、どうにか立ち直ってくれたみたい」

「よかった。うちも取引先に去られる覚悟もしてたけど予想ほどのことはなくて」

「悪いことはしてないんだからね」

「責任というのは所在が難しいからな。でも梶谷社長が今回の件をきっかけに、本格的に事業拡大を検討している」

今までは新庄一家に関係していた者だけに仕事をあっせんしていた。が、間口を広げようとしているのだ。

「生田組のこともあったから」

野中の逮捕をきっかけに判明したことがある。生田組も現在困窮しており、組織の存続が難しい状況らしいのだ。野中が復讐に走った心理的要因は、そこにあった気がした。

「元やくざの数は増えていく。かつての敵味方に関係なく、働き口を与えていこうと。箇単じゃないけど」

「応援するよ。絶対そのほうがいい」

心強い声だった。ありがとう、と返す。

「私にできることがあったら言って。経済的な援助も」

「……そうだな」

妻ははっきりいって大富豪だ。せいぜいヒモにならないよう気をつけなくては。

「社長か。すごいな」

しみじみと言ってしまう。

「うーん。でも気をつけないと、今回みたいな災《わざわ》いの元になるからね」

「災い転じて福となす、となればいいな」

味噌汁のお椀を手にした咲奈が苦笑した。

「災いの種を盛り上げちゃったのは、私たちなんだけどね」

「それを言われると困る」

「けど」味噌汁を啜ってから咲奈が言う。「上手くいかなくて本当によかった」

「ん？」

咲奈が悪戯っぽい笑みを浮かべた。

「私と光弘さんの、殺人計画」

「……まったくだよ」

笑ってしまうほど不思議な気持ちだ。一週間前まで憎しみに駆られて殺しあいを演じていたのに、今は幸福な食卓を囲んでいる。

「運転中にハンドルを切られたときは、死ぬと思った」

咲奈がお椀を置き、うんうん！　と頷く。

「本当に危険行為だったよね。信じられない」

笑みを漏らしながら俺は目を細める。

「奥さん、自分でやったんですが」

「でも他に手がなかったし。車、ごめんね」

「いいよ。買い替えどきだったし。というか咲奈は派手な仕掛けが好きなんだな」

「好きって言われると……」

「だってサービスエリアでも俺を爆殺しようとしただろ」

「うっ」

ライターに気を取られていた俺は、後部座席の鏡と花火を使った着火装置にまったく気づかなかった。隣に家族連れが駐車したから咲奈は取りやめたのだ。もし家族連れが来なければ……。思いだすだけでぶるっと鳥肌が立つ。温かい味噌汁を喉に流し込む。さらに続けた。

「出発前の排気ガス作戦も大胆だった。もーちゃんがいなければ死んでたよ」

「知らない人や猫ちゃんが味方するなんて。本当に運がいいよね、光弘さん」

「おい」

怒ってはいないが、わざと睨んでみせる。咲奈は項垂れてしまった。

「……別に怒ってないよ」

若干不安になって言う。

「車ごと吹き飛ばそうとする妻は、嫌い？」

拗《す》ねたような声にキュンとなってしまう。

「全然」

パッとした笑みで咲奈は顔を上げる。

「そうだよ。光弘さんも事前準備が大がかりでびっくりしちゃった。出発の前の日までに宿にも海にも行ったんでしょう？」

言いながら笑うので、ムッとなる。

「なぜ笑う」

「一人であんなに遠くまで行ってコソコソ準備してる光弘さんを想像したら、なんだか可愛い」

浜辺で太陽に焼かれながら電気コードと格闘した自分が、妙に恥ずかしくなる。

「可愛くないだろ。殺人の準備してるんだぞ」

「旅館で私を眠らせて山奥に運ぶつもりだったんでしょ。埋める場所も下見していた？」

まるで遠足の反省会だ。その口ぶりにだんだん俺も可笑《おか》しさが増してくる。

「実はおあつらえ向きな場所があったんだ。土砂が崩れたのか、人間一人すっぽり入るほどの窪《くぼ》みがあって」手で窪みを表現する。「土も柔らかいし、舗道からは離れていたし絶妙だった。咲奈にも見せたかった」

「見せたかったっていうか埋めたかったんでしょ？　もう。やっぱり光弘さんは運がいいなぁ。ずるい。私に自然の助けはなかったのに。睡眠薬だって自力で耐えたんだよ」

「あれはびっくりした。即効性の薬なのに。もう少し量を多めにすべきだったな。でもぐっすり眠れてよかったじゃないか」

「そういう問題じゃありません」

不服そうに口を尖らせる咲奈を「まぁまぁ」となだめる。いいタイミングだったので俺はポケットから封筒を出した。

「何それ？」

「実は今日、梶谷社長からもらったんだ。ホテルのペア宿泊券」

「えっ。プレゼントしてくれたの？」

「全然新婚旅行にならなかったって話したら、手配してくれた。今度こそゆっくり温泉に入ろう。観光地も巡ってさ」

封筒を開いた咲奈は、俺を見て目を輝かせる。

「今度こそ本当の新婚旅行？」

「ただ……車で行くのはやめておこう」

俺が真顔を作って言うと、「間違いないね」と調子を合わせてきた。

肉じゃがに箸をつけた。自分が切ったジャガイモは不格好だが、咲奈の味付けは抜群だ。幸せの味がする。

「旅行の前に、週末は買い物でも行こうか」

「あっ、じゃあ靴が欲しいなぁ」

何気なく言うので、「そういえば、パンプスごめん」と俺は謝った。

「パンプスって？」

「あっ」

パンプスの細工は気づいていないんだったか。俺はニヤニヤしながら、振り返れば恐ろしく女々《めめ》しい、最初の仕掛けを告白する。

＊

光弘さんの得意げなネタばらしを聞いて、私は思わず目を丸くした。

「ああ、よかった！　私が投げたせいじゃなかったんだ」

「……ん？　投げた？」

「あっ」

安堵のあまり、要らぬことまで喋ってしまった。光弘さんが「なるほど」と苦笑する。

「俺からのプレゼントだったから、か」

「お、怒らないでね。あのときは、いろいろ勘違いしてたから」

「いいんだよ。そのおかげで、咲奈が俺の作戦にひっかからず、怪我をしなくて済んだともいえる」

とにかく新しいのを買おう、と光弘さんは頷いた。「他に買わなきゃいけないものはあるかな」

「そうだなぁ、ソファとか？」

私がリビングの隅に置いてあるソファの肘掛けへと目をやると、光弘さんが「ぐっ」と呻き声を漏らした。

「咲奈があんまり綺麗に修復したもんだから、すっかり忘れてた」

「ひどいなぁ。私は頭を打って死ぬところだったのに」

「ごめんごめん。せっかくだから、それも新調しよう。……って、車といいソファといい、なんだか出費だらけだ」

「車の買い替え費用は私が出します」

「じゃ、ソファとパンプスは俺が」

自分が立てた殺害計画の損害賠償は、自分でする。当然の解決方法にも思えるけれど、こうやって対等に費用負担ができるのは、専業主婦という立場を脱した印でもあるような気がして少し嬉しい。

「そういえば、ワックスも切らしてるんじゃないか」

光弘さんが階段の方向を顎で指した。私はぎくりとして、味噌汁のお椀に伸ばしかけていた手を止める。

「あれは剥離剤を拭き取って床を乾かす手順をわざと抜かしただけだから、無駄遣いはしてません〜」

「おお、奥さんさすが」

「それを言ったら、洗剤のほうが気になるよ？　ま・ぜ・る・な・き・け・ん」

「うん、そうくると思った」

「どれくらい使ったの？」

「倹約家の咲奈にはとても釈明できないくらいの量」

「まったくもう」

私はちょっぴり唇を尖らせる。

「罰として、お風呂掃除三回分、お願いしようかな」

「三回に限らず、これからは毎日やるよ」

「えっ、ほんと？」

「咲奈も、仕事に集中したいだろ。これからは隣町のマンションじゃなく、本社に出勤しないといけないわけだし」

明石くんと最後に対決したあのマンションは、もう引き払うことになっていた。

この一週間、光弘さんがやけに家事を手伝ってくれるなと思っていたけれど、そういうつもりだったのか――とちょっと驚く。

「これからは、二人で仕事をして、二人で家事をしよう。もし今後子どもができたら、その世話ももちろん二人で」

「その提案、すごく嬉しい！」

「とりあえず、風呂掃除は俺の担当ということでいいか」

「もちろん。でも、塩素系洗剤と酸性系洗剤は混ぜないでね」

「二度とやらないさ」

顔を見合わせて笑った。光弘さんの愛にあふれた表情を見て、心がふわりと軽くなる。

やくざだとか、生まれ育った環境だとか、そういうことは関係ない。光弘さんが誰よりも優しくて頼もしい夫だということは、三年間連れ添ってきた私が一番よく知っているのだから。

私は—光弘さんという人間の表面ではなく、本質を見据えて生きていきたい。

二人で作った料理の並ぶ食卓。穏《おだ》やかな会話と、朗らかな笑顔。こうやって過ごす毎日を取り戻せたのが、今は何より幸せだった。

「ごちそうさま」

私より早く、光弘さんがすべての皿を空にした。

「食後に、咲奈おすすめのカロリーゼロ飲料でも飲もうかな」

「ええっ」

立ち上がって冷蔵庫に向かおうとする光弘さんを、私は慌てて呼び止めた。

「ちょっと待って、あれ嘘だよ」

「う、嘘？」

私は苦笑いしながら、食材宅配サービスのチラシを偽造したことを告白した。カロリーゼロ飲料や微糖の缶コーヒーはもう買っていないことを話すと、光弘さんは口をぽかんと開けていた。

「咲奈が作ったチラシだったとは……さすがに気づかなかった」

「クオリティ、高かったでしょう？」

「さすが社長。そうか、その時点で咲奈もすでに罠を仕掛けていたんだな」

「食事に塩をたくさん入れてみたり、ね」

「そういえば、咲奈にしては味付けがずいぶん濃い日があったような」

「光弘さん、気づかずそのまま食べちゃったもんね」

「毒じゃなくて本当によかった」

光弘さんが胸を撫で下ろす。

「ちなみに、食べ終わったら訊こうと思ってたんだけどさ――麻婆茄子に入ってた毒って、何だったんだ？」

「んーとね」

悪戯をした子どものように、小さく舌を出してみる。「……トリカブト」

「トリカブトぉ？」光弘さんが後ろに仰《の》け反《ぞ》った。「いやぁ、危ない危ない。見抜けて本当によかった」

「毒をお皿に塗るトリックはね、推理小説を読んで学んだんだよ。他にも、包丁の片側に塗ってお肉を切るとか、スプーンに塗っておくとか、いくつか案はあったんだけど」

「推理小説を実用書として使うんじゃない！　ミステリー作家が悲しむぞ！」

笑いをこらえながら、私も最後の一口を食べ終わる。張りきって作りすぎてしまったからか、けっこうお腹がいっぱいだ。でも、殺しあいの最中は互いに警戒しすぎて少し痩《や》せてしまったから、今はこれくらいでちょうどいいのかもしれない。

にゃあ、と外で小さな鳴き声がした。

「あれ、もしや」

光弘さんがリビングを横切り、掃き出し窓にかかったカーテンを開けた。「もーちゃんだ。自力で入ってきたのか」と光弘さんが嬉しそうな声を上げる。

私も食卓を離れ、窓を開けている光弘さんのそばにしゃがんだ。そっと手を伸ばして、頭を撫でてみる。すると、猫は気持ちよさそうにベランダの床に寝転んだ。

「なんだ、すっかりなついてるじゃないか」

「光弘さんが、猫との接し方を教えてくれたでしょう。変な猫ちゃんでね、その逆をやると気持ちよさそうにするの。それで仲よくなったんだよ」

あ、と光弘さんが頭に手をやる。

「ごめん。あれも真っ赤な嘘だ」

「えっ、そうだったの？」

「咲奈が猫に襲われればいいと思って、逆のことを教えた」

「ってことは、ほとんどの猫は、頭を撫でられると喜ぶ？」

「そういうこと」

「なーんだ。ブッチーは変な猫ちゃんじゃなくて、多数派だったのかぁ」

ようやく納得がいった。「誤解しててごめんね、ブッチー」と頭を撫でる。猫がにゃあと可愛く鳴いた。ほんとだよ、とでも愚知ったのかもしれない。

「咲奈、一ついいか。そいつの名前はブッチーじゃなくて、もーちゃんだ」

「どうしてもーちゃんなの？」

「白に黒ぶちだから、牛のホルスタインっぽいじゃないか」

「えー、わかりにくいよ。ブッチーに統一しよう」

「いや、これは譲れない」

「もーちゃん、こっちだ」

「ブッチー、おいで」

「ブッチー」

「もーちゃん」

互いに別々の名を呼びながら、猫の頭に触れようとする。けれど、猫は立ち上がり、遠くへ歩いていってしまった。夫婦間のいざこざに巻き込まれるのはもううんざりだ、とばかりに。

ふふ、と笑い声が漏れる。光弘さんも隣で破顔していた。

「お皿洗いでもしながら、議論の続きをしようか。もーちゃんかブッチーか、猫の命名権をかけて」

と、光弘さんが宣戦布告する。

「いいですよ。望むところです」

私も胸を張って、光弘さんの目を見つめ返した。

そのとき、ふと、お隣の小野田さん宅から、テレビの音が漏れ聞こえてきた。

『さーて、今夜の《アツアツ夫婦をフーフー☆》は、結婚三年目から五年目の夫婦特集です。まずは駅前で出会ったこちらのご夫婦!』

私はその場に固まり、光弘さんの二の腕をぎゅっとつかんだ。直後、「あれ? すごーい!」という小野田さんの歓声が聞こえてくる。

「もしかして——今日が放映日?」

「大変だ! 急いで録画しないと」

「しなくていいよ! あのときの私たち、殺しあいの真っ最中だよ?」

「そんなことはどうでもいい。俺は、可愛い咲奈がテレビに映った姿を永遠に残しておきたいんだ」

「えええ……」

光弘さんは勢いよくダイニングテーブルへと駆け戻り、テレビのリモコンを操作し始めた。

カーテンが風でふわりと持ち上がり、私の身体をなでる。そのくすぐったさと、光弘さんの微笑ましさが、私の心に灯《ひ》をともす。
生きていてくれてありがとう。
窓を閉めながら、私はそっと呟いた。

（了）

あとがき合作『昨夜はもっと書けたかも』

夫役……藤石波矢
妻役……辻堂ゆめ

藤石：このたびは、『昨夜《や》は殺れたかも』を手に取っていただきありがとうございます。光弘パートを担当した藤石波矢です。作家デビューして初めて書くあとがきです！
辻堂：咲奈パートを書きました、辻堂ゆめです。私もこの作品であとがきデビューです。あとがきがある小説って、最近は少ないような気がします。
藤石：そうですね。でも、今回はいろんな意味で特殊な小説になりましたので、こういう場でご挨拶やご説明をしたほうがきっといいだろう、と担当編集の河北《かわきた》さんに勧められまして。半ば強制的に（笑）。
辻堂：あはは、そうですね、普通の小説ではないですもんね。ええと、まずはこの小説企画がどうやって始まったのか、ご説明したほうがいいのでしょうか？
藤石：なるほど、今回の僕の小説の始まりはというと、河北さんが提案してくれた企画です。「女性作家さんと共作で、夫婦が殺し合う、コメディタッチの作品を書きませんか？」という、聞くからに新鮮で面白そうな話だったので、ぜひやりたいと思いました。

辻堂：あ、実はその前の段階があって（笑）、私が「夫婦が遺産をめぐって殺し合いのバトルをするミステリーを書きたい」と河北さんにご相談したんです。そしたら、驚いた顔で「ほとんど同じような企画を僕も温めている」と！　しかも、その作品を男性作家と女性作家の共作でやりたい、と。それが『昨夜は殺れたかも』でした。最初の打ち合わせの時点でタイトルまで決まっていましたね。

藤石：そっちが先だったんだ！　作家と編集者で物騒なシンクロがあるもんですね（笑）。

辻堂：結果、妻視点パートを書かせてもらえることになってとても嬉しかったです。共作ってなんだかワクワクしますもん。

＊

辻堂：共作の相手が私と聞いて、ご不安はなかったですか？　って、今さら訊《き》くのもドキドキしますが！

藤石：お仕事が決まる前に辻堂さんの『いなくなった私へ』と『片思い探偵 追掛《おいかけ》日菜子《ひなこ》』を拝読していたんですが、本当に読み心地のいいミステリーで、とくに柔らかなキャラクターの描写が巧いなぁと思っていました。お会いしてみたら、知的で聡明な方というのが第一印象です。第二も第三もなく印象は継続中です（笑）。なので不安なんてまったく！

辻堂：お恥ずかしい……。私の場合は、初めて講談社タイガから執筆の依頼が来たとき、どんな作品があるのかなぁと思って最初に興味を引かれて手に取ったのが、藤石さんの『今からあなたを脅迫します』でした。魅力的なキャラクターと軽妙な会話文がとても好きです。お会いしてからの印象は、優しくて奥さん想い！　今作の光弘にも表れていますよね。

藤石：……表れてますか?!　ちなみに本作を書いていた去年は、実生活では結婚して三年だったんです。そんな時期の作家に破綻《はたん》寸前の夫婦を書かせるというところに、担当さんの遊び心（という名の悪意）が表れていましたね。

辻堂：私も、結婚して一年半くらいです。家で原稿を書いていたら、夫に覗《のぞ》かれてすごい顔をされました（笑）。

＊

藤石：執筆のスタートは三人で講談社に集まって相談しましたね。
辻堂：最初に河北さんと三人で集まって、大まかなキャラクターや設定を作って……それから、だいたいの流れとシーンの順番を私のほうでざっくり書き出してみました。一方、作品の雰囲気を決める大事な冒頭シーンは、藤石さんにお任せしちゃいました！
藤石：最初、光弘の妻殺害動機に感情移入するのが難しかったんですが、そこをクリアしてからはとても楽しかったです。僕はプロット作成が苦手なので、辻堂さんが進行表をまとめてくれて助かりました。あの精密な設計図のおかげで話が迷子にならなかったし、かなりスムーズに執筆が進みました。
辻堂：お役に立てたなら何よりです……！　でも確かに、執筆は本当に超スピードで進みましたよね。毎回、藤石さんから原稿が戻ってくるのが凄《すさ》まじく早くって（笑）。
藤石：辻堂さんも早かったです！　基本は、自分のパートで殺害トリックを仕掛けて相手にパス、相手は危機を回避して仕掛けをし返してまたパス……を繰り返す方法でいくことになりましたね。トリックと回避方法は各々で考えよう、という。

辻堂：何が大変だったかって、藤石さんが繰り出してきた殺害計画を読んで、「うわーどうやって回避しよう！」と毎回必死に頭を捻っていたことです。本当に咲奈になった気分で真剣に罠《わな》から逃げ回っていました。反対に、自分が仕掛けるほうは気楽で無責任でとっても面白かったです。あと数秒で車爆発するよ、でシーンを終わらせたりとか（笑）。

藤石：「え、これ死ぬじゃん」という感じで受け取るんですけど（笑）。僕はどちらかといえば回避のほうが楽でした。相手のパートの何気ない描写を、自分のパートで伏線に応用できたりするのもリレー小説の醍醐味でしたね。

辻堂：ミステリー小説の探偵役と犯人役を、お互いに一人二役で演じ分けるような小説ですもんね。藤石さんが、トリックの仕掛け合い以外に注目して欲しいところはどういったところですか？

藤石：夫婦の可愛らしさに注目して欲しいですね。辻堂さんは？

辻堂：あ、同感です。それに尽きます。

藤石：はい、終了（笑）。

辻堂：そういえば河北さんは、『昨夜は殺れたかも』をいろんな作家さんコンビに書いてみてもらいたいそうです。

藤石：今回は若い夫婦のバトルでしたが、いろんなカップル、コンビで話が膨らませられる題材だと思います。熟年離婚直前の夫婦とか、お笑い芸人のコンビとか、いろんな「殺し愛」がありえるかもしれません。リレー小説も刺激があって楽しいですし。興味ある作家さんはぜひ講談社タイガ編集部までご連絡を！

＊

辻堂：ここまで余すところなく読んでくださり、本当にありがとうございます。まさかあとがきまで合作することになるとは思いませんでしたが（笑）。
藤石：ですね。初めての合作小説。あとがきデビューもまさかの合作。でも本当にワクワクする企画でした。たくさんの人にこの小説の面白さが届いて欲しい！
辻堂：斬新《ざんしん》なチャレンジができてよかったです。また機会があったらやりたい！
藤石：ここまで読んでくださった方、面白かったと思ってくれていたら幸いです。ありがとうございました。

本書は書き下ろしです。

〈著者紹介〉

藤石波矢（ふじいし・なみや）

1988年栃木県生まれ。『初恋は坂道の先へ』で第1回ダ・ヴィンチ「本の物語」大賞を受賞し、デビュー。

辻堂ゆめ（つじどう・ゆめ）

1992年生まれ。神奈川県藤沢市辻堂出身。東京大学法学部卒業。『いなくなった私へ』で第13回『このミステリーがすごい!』大賞優秀賞を受賞し、2015年デビュー。

昨《さく》夜《や》は殺《や》れたかも

2019年9月18日　第1刷発行　　　定価はカバーに表示してあります

著者……………………………藤《ふじ》石《いし》波《なみ》矢《や》　辻《つじ》堂《どう》ゆめ

発行者…………………………渡瀬昌彦

発行所…………………………株式会社 講談社

〒112-8001 東京都文京区音羽2-12-21

編集03-5395-3506

販売03-5395-5817

業務03-5395-3615

本文データ制作………………講談社デジタル製作

印刷……………………………豊国印刷株式会社

製本……………………………株式会社国宝社

カバー印刷……………………株式会社新藤慶昌堂

装丁フォーマット……………ムシカゴグラフィクス

本文フォーマット……………next door design

ISBN978-4-06-517040-3　N.D.C.913　350p　15cm